पापी देवता

रानू

डायमंड बुक्स

www.diamondbook.in

© प्रकाशकाधीन

प्रकाशक : डायमंड पॉकेट बुक्स (प्रा.) लि.
           X-30 ओखला इंडस्ट्रियल एरिया, फेज-II
नई दिल्ली : 110020
फोन   : 011-40712200
ई-मेल   : ebooks@dpb.in
वेबसाइट   : www.diamondbook.in
मुद्रक   : रेप्रो इंडिया

पापी देवता

लेखक: रानू

पापी देवता

शाम का समय था-लखनऊ की हसीन शाम और इस शाम का आनन्द उठाने के लिए सुधा ने अपने पति की इच्छानुसार स्वयं को विशेष रूप से एक बार फिर बिलकुल नई नवेली दुल्हन समान संवार लिया था जिस प्रकार वह एक मास पहले यहां आई थी-आज ही उसके विवाह का दिन था। आज की शाम उसके पति ने उसके साथ एक फिल्म देखने का प्रोग्राम बनाया था। फिल्म के बाद आज किसी अच्छे होटल में डिनर लेने का भी उनका इरादा था।

उसका पति एक फर्म में खजांची है। पैसों का सारा हिसाब-किताब उसी के पास रहता है। इस समय वह दफ्तर गया हुआ था। उसके आने का समय हो चुका था इसलिए वह श्रृंगार मेज के सामने बैठी बार-बार दीवार पर टंगी घड़ी को देखने के बाद अपनी सुन्दरता की रही-सही कमी भी दूर करती जा रही थी। अपनी काली लटों को वह बहुत सुन्दरता के साथ संवार चुकी थी। मांग में सिन्दूर, मस्तक पर लगी सुर्ख बिन्दिया। बिन्दिया समान ही उसके शरीर पर विवाह का जोड़ा था-सुर्ख बनारसी रेशमी साड़ी, जिस पर कढ़े हुए सुनहरे तार ट्यूब-लाइट के प्रकाश में लहराकर चमक उठते थे। यही एक इतनी बहुमूल्य साड़ी थी उसके पास जिसे शादी के बाद आज पहली बार उसने पहना था, वरना वह मेरठ के एक बहुत ही साधारण घर की ज्योति थी।

पिता का स्वर्गवास बचपन में हो चुका था। घर में केवल मां थी-और मां के पिता, जिन्हें वह नाना के बजाए बचपन ही से बाबा कहती आई थी। वह क्या, परिचित लोगों में सभी उन्हें बाबा कहते हैं-बाबा भगतरामजी। अपने बाबा की वह लाड़ली थी। बहुत ही साधारण कुटुम्ब-फिर भी बाबा ने उसका विवाह शानदार किया था। इसके लिए बाबा को अपना मकान भी बंधक रखना पड़ा था-छोटा-सा वह मकान जिसके बाहर सड़क की ओर बाबा ने दो दुकानें भी बनवा दी थीं ताकि इनके किराये द्वारा घर का खर्च चलता रहे। मेरठ से ही उसने अपने बाबा की देख-रेख में दसवीं कक्षा भी पास कर ली थी। बाबा ने मकान बंधक रखने के बाद उसे वह सारी ही वस्तुएं दी थीं जो उसकी हस्ती के बाहर थीं।

यह श्रृंगार मेज भी बाबा की ही देन है जिसके सामने बैठकर वह इस समय अपनी ही सुन्दरता में डूबी हुई थी। वह वास्तव में बहुत सुन्दर थी और इस सुन्दरता का उसे पूरा एहसास था। अपनी सुन्दरता पर उसे गर्व भी था। क्योंकि जिस घर में वह आई थी उस घर के लोगों ने उसकी सुन्दरता को देखने के बाद ही उसे तुरन्त पसन्द कर लिया था।

अपने पति को उसने पहली बार विवाह के बाद ही देखा था-सुहागरात में। अपनी मां से पति के बारे में जैसा सुना था, वैसा ही पाया। साधारण कद का एक सांवला परन्तु काफी सुन्दर

नवयुवक-बेहद हंसमुख और चंचल। आंखों ही आंखों में उसका पति उसे इस प्रकार देखता है कि वह लाजवन्ती बनकर खुद में सिमटने लगती है। अपने पति की प्यार भरी शरारत के कारण ही वह उस पर दीवानगी की सीमा तक लुट चुकी है।

पति की अनुपस्थिति में एक-एक पल बिताना कठिन हो जाता है। वह जानती थी कि उन्हें भी उसके बिना एक पल चैन नहीं मिलता है। दफ्तर का समय समाप्त होते ही वह सीधे घर पहुंचते हैं, इस प्रकार मानो आते ही उसे गले लगा लेंगे। घर में अपने माता-पिता तथा भाई-बहन की उपस्थिति का विचार नहीं होता तो वास्तव में वह हर शाम ही ऐसा करने से नहीं चूकते। जब रात को खाना खाने के बाद अपने कमरे के एकांत में पलंग पर वह उनके सामने बैठती है तो वह उसका मुखड़ा अपनी हथेलियों में रखकर बहुत देर तक देखते रहते हैं, इस प्रकार कि उनकी ओर अपनी पलकें उठाने का भी उसका साहस नहीं होता है। फिर ऐसा लगता है मानो यूं ही देखते-देखते सारी रात बीत जायेगी।

'तुम्हें तो किसी महल की रानी होना चाहिए था।' यह बात वह कई बार कह चुके हैं।'

'आपका, घर मेरे लिए महल तो क्या स्वर्ग है।' हल्के से उसके भी अधर कांप उठते और तब वह अपने पति की छाती पर सिर रखकर आंखें बंद कर लेती।

उसके लिए वास्तव में यह घर स्वर्ग है। सास-ससुर उसे अपनी सगी बेटी से कम नहीं प्यार करते हैं। घर में एक ही देवर तथा एक ही ननद है। दोनों दिन-रात उसके गुण गाते नहीं थकते। ऐसा घर एक लड़की को भाग्य से ही मिलता है।

'जी चाहता है संसार की सारी दौलत तुम्हारे कदमों में लाकर डाल दूं।' रात की खामोशी में उसकी सुन्दरता पर मुग्ध होकर यह वाक्य भी उसके पति ने उससे कई बार कहा है।

'मेरी प्रसन्नता दौलत नहीं आप हैं। आपके चरणों में ही मेरी सारी प्रसन्नताएं सुरक्षित हैं।' अपने पति का असीम प्यार देखकर वह उसके चरणों पर झुक जाना चाहती, परन्तु उसका पति उसे पकड़कर अपनी छाती से लगा लेता।'

'मैं मजाक नहीं कर रहा हूं-सत्य कह रहा हूं।' उसका पति गंभीर बनने का प्रयत्न करता, ''जानती नहीं हो मैं कितनी बड़ी फर्म का खजांची हूं। चाहूं तो सारी दौलत उठाकर ला सकता हूं।'

'न बाबा न, मुझे ऐसी दौलत नहीं चाहिए।' अपने पति की बात सुनकर वह खिलखिला पड़ती। जानती थी कि उसका पति बहुत हंसमुख है। मजाक करने की उसकी बहुत प्यारी आदत है।'

दीवार पर टंगी घड़ी ने एक 'टन' उत्पन्न की तो सुधा ने ऊपर दृष्टि उठाई। साढ़े छः बजे चुके थे। अब तक अपने पति के न आने पर उसे आश्चर्य हुआ और दिन तो वह बहुत पहले आ जाते थे। फिल्म देखने का समय भी निकला जा रहा था।

तभी किसी ने सामने का दरवाजा खटखटाया। उसके दिल की धड़कन तेज हो गई। उसके पति को आज के प्रोग्राम का कितना अधिक विचार है! उसके मुखड़े की रौनक बढ़ गई। होंठों पर मुस्कान लिए उसने सिर पर आंचल डाला और लपककर दरवाजा खोल दिया। परन्तु तभी चौंककर वह दो पग पीछे हट गई। उसके सामने एक पुलिस इंस्पेक्टर खड़ा हुआ था।

पुलिस इंस्पेक्टर ने उसे ऊपर से नीचे तक देखा। सुधा सहमकर पीछे हट गई। घूंघट उसने और लम्बा कर लिया।

''मिस्टर जगदीश का मकान यही है?'' इंस्पेक्टर ने पूछा।

''सुधा ने हल्के से हां के इशारे पर सिर हिला दिया। परन्तु इसके साथ एक अज्ञात भय से उसका दिल भी कांप उठा।

''आप उनकी...'' इंस्पेक्टर ने मानो न चाहते हुए भी पूछना चाहा।

''हां इंस्पेक्टर साहब, आप उनकी धर्मपत्नी हैं-अर्थात् मेरी बहू।'' सहसा कमरे में प्रवेश करते हुए उसके ससुर जी ने कहा। शायद अन्दर के कमरे में उन्होंने एक अपरिचित स्वर सुन लिया था। इंस्पेक्टर को वह आश्चर्य से देख रहे थे। समीप आकर उन्होंने पूछा, ''कहिये, कैसे कष्ट किया?''

इंस्पेक्टर एक पल चुप रहा। उसकी खामोशी में एक भेद था जिसने सुधा के दिल की धड़कन और तेज कर दी। तभी वहां पर उसकी सास भी चली आई। उन्होंने भी इंस्पेक्टर को आश्चर्य से देखा। इंस्पेक्टर ने उन्हें देखने के बाद सुधा को देखा। फिर बोला, ''यह सूचना देते हुए मुझे खेद है कि आपके पति इस समय हवालात में बंद हैं।''

सुधा ऊपर से नीचे तक कांप गई। पैरों तले धरती सरकने लगी तो वह अपनी सास के पास आकर खड़ी हो गई। सास ने उसे बांहों में पकड़ लिया।

इंस्पेक्टर की बात पर उसके ससुर जी को भी विश्वास नहीं हुआ। उन्होंने आश्चर्य से पूछा, ''हवालात में?''

''जी हां।'' इंस्पेक्टर ने कहा, ''उन्होंने अपनी फर्म के मालिक सेठ गोविन्द प्रसाद की हत्या कर दी है।''

सुधा को मानो चक्कर आ गया। उसकी चीख निकल गई, ''नहीं-नहीं-नहीं, ऐसा नहीं हो सकता-ऐसा कभी नहीं हो सकता।'' वह अपनी सास की छाती से लिपट गई और फूट-फूटकर रो पड़ी। यह सब क्या हो गया? क्या? एक ही झटके में उसकी प्रसन्नताओं का महल गिरकर चकनाचूर हो गया! अभी तो उसके हाथ की मेंहदी भी नहीं छूटी थी। वह रो रही थी, रो-रोकर कहती जा रही थी, ''यह झूठ है। वह कभी किसी की हत्या नहीं कर सकते।''

''यह सच है-बिल्कुल सच है।'' इंस्पेक्टर ने इस बार अपनी आवाज में रुआब लाकर कहा, ''मैंने उन्हें अपनी आंखों से सेठ गोविन्द प्रसाद की हत्या करते देखा है।''

''इंस्पेक्टर साहब...इंस्पेक्टर साहब।'' उसके ससुर जी, जो अब तक इंस्पेक्टर की बात सुनकर स्तब्ध थे, हाथ-जोड़कर मानो विनती करते हुए बोले, ''आपसे अवश्य कोई भूल हुई है। मेरा लड़का तो बहुत नादान है। वह कभी ऐसा नहीं कर सकता। वह तो...वह तो...।''

''आपको जो कुछ कहना हो अदालत में कह सकते हैं।'' इंस्पेक्टर ने मानो अपना अपमान समझा तो कुछ उत्तेजित हो उठा। इन लोगों को उसकी बात पर विश्वास न करना ही उसका अपमान था। उसने उसी रुआब में कहा, ''मुझे इस रास्ते से जाना था इसलिए मैंने सोचा कि मैं खुद ही आपको इस घटना की सूचना देता जाऊं ताकि आप समय पर जमानत का प्रबंध कर लें। जमानत अदालत से होगी। वैसे आप चाहें तो कल सुबह उससे थाने में आकर मिल सकते हैं।'' इंस्पेक्टर जाने को तैयार हुआ। जाने से पहले उसने एक बार फिर सुधा को देखा।

सुधा अब तक रो रही थी-सिसक रही थी। आंसुओं से उसकी आंखों का काजल धुलकर गालों पर बह रहा था। उसे इंस्पेक्टर की बात का जरा भी विश्वास नहीं था। इसीलिए अपनी सास की छाती में मुंह छिपाए उसने उस व्यक्ति को देखना भी पसन्द नहीं किया जो ऐसे शुभ दिन इतनी अशुभ सूचना लेकर आया था। अपनी सिसकियों के मध्य वह यह न सुन सकी कि इंस्पेक्टर ने और भी कुछ कहा है या नहीं। उसे यह भी नहीं मालूम कि वह कब चल गया? उसके आंसुओं से कमरे का सारा वातावरण भीग गया। उसकी अवस्था देखकर मां का कलेजा फट गया। मां को अपने बेटे पर पूरा विश्वास था-वह कभी किसी की हत्या नहीं कर सकता। वह अपने बेटे की एक-एक सांस से परिचित है। जगदीश उसका बेटा है। अपनी कोख से उसने उसे जन्म दिया है। फिर भी अपने दिल के टुकड़े के लिए उसका चिंतित होना स्वाभाविक था। खुद तसल्ली की भूखी थी परन्तु इस समय बहू को तसल्ली देना अधिक आवश्यक था, इसलिए बोली, ''मत रो मेरी बच्ची, मत रो। सब कुछ ठीक हो जायेगा। इंस्पेक्टर साहब से देखने में अवश्य कोई बहुत बड़ी भूल हुई है।''

''हां बेटी।'' उसके ससुर जी भी गुमसुम खड़े उसे देख रहे थे। अपने बेटे पर उन्हें भी विश्वास था। उसके सिर पर हाथ रखकर बोले, ''अवश्य इंस्पेक्टर साहब से कोई भूल हो गई है। जगदीश को हम अच्छी तरह जानते हैं। वह कभी किसी की हत्या नहीं कर सकता। हम कल ही उसकी जमानत लेकर उसके ऊपर से इतना बड़ा दोष हटाने का पूरा प्रबंध कर देंगे, चाहे इसके लिए हमें शहर का बड़े से बड़ा वकील ही क्यों न रखना पड़े।'' उसके ससुर की आवाज भीग गई थी। अन्दर जाकर उन्होंने अपना शाल कंधे पर डाला और तुरन्त वकील से बात करने के लिए बाहर निकल गए।

उस रात सुधा ने अन्न का एक दाना भी मुंह में नहीं डाला। सुधा ने ही क्या, किसी ने भी कुछ नहीं खाया। देवर तथा ननद देर से आए थे। उनके आते ही घर में और भी हाहाकार मच गया। ससुरजी बहुत देर बाद लौटे तो जमानत का प्रबंध हो चुका था। फिर भी उसके मन को कोई संतोष नहीं मिला। जब वह पलंग पर लेटी तो ननद उसकी तसल्ली के लिए उसके साथ थी। फिर भी उसके एक पल को नींद नहीं आ सकी। जीवन में पहली बार पति की दूरी का उसे एक बहुत कटु आभास हो रहा था। दिल एक अज्ञात भय का अहसास करके धड़क रहा था- मानो कोई अनुचित बात होने वाली है-आशा के विपरीत। इसीलिए वह चुपके-चुपके आंसू बहाती रही-रोती रही-सिसकती रही और बेचैनी के साथ प्रतीक्षा करती ही कि कब सुबह हो और वह अपने साजन से जा मिले। उसकी बांहों में समा जाने के लिए वह तड़प उठती थी। हवालात के अन्दर उसके पति का जाने क्या हाल हो?

***

सुबह के लगभग साढ़े आठ बजे थे। थाने का वातावरण पुलिस वालों के लिए खुला-खुला तथा अपराधियों के लिए घुटा-घुटा था। इंस्पेक्टर जोशी के पास काम अधिक था इसलिए उसने अभी से ही थाने पहुंचकर अपनी 'फाइल' संभाल ली थी। उसका पूरा नाम आनन्द जोशी था परन्तु इंस्पेक्टर जोशी के नाम से वह अधिक प्रसिद्ध था। वैसे उसके निकटतम मित्र उसे आनन्द के नाम से भी पुकार लेते थे। इंस्पेक्टर जोशी को अपना कर्तव्य बहुत मेहनत तथा लगन के साथ जल्द से जल्द निभाने की आदत थी। जो काम देर से होता है उसका 'रिटर्न' भी देर से मिलता है और यह 'रिटर्न' उसे अपनी उन्नति के रूप में देर से मिल सकता था। जिस अपराधी को उसने पिछले दिन पकड़कर हवालात में बंद किया था उस पर कार्यवाही भी उसने आरंभ कर दी थी। अपराधी ने सेठ गोविंद प्रसाद की हत्या की थी। कार्यवाही गम्भीर थी। सेठ गोविन्द प्रसाद कोई साधारण व्यक्ति नहीं थे। एक बड़ी फर्म के मालिक थे।

पिछले दिन थाने में उसे सेठ गोविन्द प्रसाद का टेलीफोन मिला था। वह उससे कुछ आवश्यक बातें करना चाहते थे और वह पहली ही फुर्सत में उनके दफ्तर जा पहुंचा था परन्तु जब वह वहां पहुंचा तो एक अपरिचित व्यक्ति सेठ गोविन्द प्रसाद पर झुका हुआ था। सेठजी कुर्सी पर बैठे हुए थे परन्तु उनका शरीर सामने की मेज पर गिरा हुआ था।

हत्यारा अपना काम कर चुकने के बाद उनकी पीठ से छुरा निकालकर भागने ही वाला था ताकि सबूत का कोई भी चिन्ह वहां न छोड़े। परन्तु तभी अपने सामने अचानक एक पुलिस इंस्पेक्टर को देखकर वह बौखला गया था। इंस्पेक्टर ने अपनी रिवाल्वर निकालकर उसे सचेत कर दिया था कि यदि वह भागेगा तो उस पर गोली चला देगा। हत्यारे ने डरकर छुरा फेंक दिया था और चीख पड़ा था, ''मैंने हत्या नहीं की...मैंने हत्या नहीं की।''

हर हत्यारा यही कहता है-अपने अपराध से स्पष्ट इंकार करता है। हत्यारे की चीख सुनकर दफ्तर के सभी लोग वहां एकत्र हो गए थे, इंस्पेक्टर ने हत्यारे को अपनी सुरक्षा में लेकर फोन करते हुए थाने के दो सिपाही बुला लिए थे। फिर रक्त भरे छुरे पर कपड़ा डालकर बहुत सावधानी से उठा लिया था। ताकि प्रमाण के लिए हत्यारे की अंगुलियों के निशान इस पर से मिट न जाएं।

इंस्पेक्टर जोशी के पिता खुद भी अपने जीवन काल में लखनऊ शहर के डी. आई. जी थे। उनकी ईमानदारी तथा देश सेवा की लगन पुलिस विभाग के सभी छोटे-बड़े लोगों में प्रसिद्ध थी। भयानक कामों में भाग लेना उनका शौक था और इसीलिए लगभग दो वर्ष पहले डाकुओं के एक गिरोह का मुकाबला करते हुए वह देश के नाम पर शहीद हो गए थे। मां का देहांत बहुत पहले हो चुका था इसलिए इंस्पेक्टर जोशी संसार में बिल्कुल अकेला रह गया परन्तु तब तक अपनी पढ़ाई पूरी करने के बाद वह एक दूसरे शहर में इंस्पेक्टर का पद प्राप्त कर चुका था। इसीलिए उसे अपने जीवन का मुकाबला करने के लिए किसी परेशानी का सामना भी नहीं करना पड़ा। अपना तबादला लेकर वह लखनऊ चला आया जहां उसके पिता ने अपने जीवन के अंतिम दिन काटे थे। एक छोटा और सुन्दर बंगला-अलाटमेंट के कारण किराया कम था, इसलिए उसे 'मेंटेन' करने में कोई कठिनाई नहीं हुई।

उसके पिता उसके नाम पर 'प्राविडेंट फण्ड' की एक अच्छी भली राशि छोड़ गए थे। इसके अतिरिक्त अपने पेशे में जौहर दिखाकर जीते हुए अनेकों उपहार इस बंगले की शान थे। धीरे-धीरे उसने सभी नौकरों को हटा दिया। केवल हरिया रह गया जिसने आरम्भ से ही उसके पिता की सेवा की थी। हरिया का पिता उसके दादा का नौकर था। उसके दादा अब तक जीवित हैं। दिल्ली में रहते हैं जहां उनका बंगला है। अपने बेटे की आकस्मिक मृत्यु का धक्का उन्हें इस

प्रकार लगा कि अब वह बीमार से रहने लगे हैं। नौकर-चाकर उनकी देखभाल करते हैं फिर भी उस बंगले को छोड़कर अपने पोते के साथ नहीं रहना चाहते। उस बंगले से उनका दिली-लगाव है क्योंकि वहां उनकी पत्नी का स्वर्गवास हुआ था। उस बंगले में उन्हें हर समय अपनी धर्मपत्नी की आत्मा की उपस्थिति का आभास होता रहता है। यही कारण है इंस्पेक्टर जोशी को खुद समय निकालकर उनके पास कभी-कभी अवश्य जाना पड़ता है। वह जब भी अपने दादा से भेंट करता है, वह सदा उससे अब विवाह कर लेने का अनुग्रह करने लगते हैं। अपने दादा को उसने वचन दिया कि विभागीय परीक्षा में बैठने के बाद पहला 'प्रमोशन' प्राप्त करते ही वह विवाह कर लेगा।

सहसा इंस्पेक्टर जोशी के दफ्तर में दबी-दबी सिसकियों ने पग रखा। उसकी दृष्टि अपने आप ही ऊपर उठ गई। उसके पिछले बन्दी जगदीश के नातेदार आ गए थे। सभी के मुखड़ों पर गम और चिन्ता की कहानी थी। परन्तु बन्दी की पत्नी को देखकर उसे दया आई-केवल दया, जो इंसानियत का एक जज़्बा है। कल की नई नवेली दुल्हन अपने पति के जीते जी विधवा दिखाई पड़ रही थी, आंखें सूजी हुईं-पलकें भीगीं। लटें भी नहीं संवरी थीं। उसका चेहरा उसके दिल के दर्द का दर्पण था। एक व्यक्ति की गलती के कारण कितने सारे लोगों को परेशानी का सामना करना पड़ता है।

उसने एक सिपाही को बुलाकर अपने बन्दी से उसके घर वालों को मिलने की आज्ञा दे दी और दोबारा अपनी फाइल में खो गया। बन्दी के नातेदार सिपाही के पीछे-पीछे चले गये।

सहसा उसके कानों में सिसकियों तथा आहों का स्वर सुनाई पड़ने लगा। बन्दी के शायद सभी नातेदार रो रहे थे, परन्तु एक हिचकी-एक सिसकी में इतनी अधिक तड़प थी कि उसके दिल की गहराइयों को छू गई। शायद यह बन्दी की पत्नी का स्वर था। उसका मन काम से उचट गया तो कुर्सी पर सीधे होकर उसने पीठ पीछे टेक ली। फिर थोड़ी देर बाद उठकर वह हवालात की ओर बढ़ गया। कुछ दूरी पर खड़े होकर उसने देखा। बन्दी की पत्नी ने अपने पति का हाथ लोहे की सलाख से बाहर निकालकर अपने गाल पर रख लिया था।

वह फूट-फूटकर रो रही थी। अपने पति की बेबसी उससे देखी नहीं जा रही थी। हवालात की एक ही रात ने उसका रूप-रंग बदल दिया था। उसकी आंखों में भी आंसू थे। बन्दी के माता-पिता अपने बच्चे तथा बहू को तसल्ली दे रहे थे कि घबराने की कोई बात नहीं, सब ठीक हो जायेगा। परन्तु कुछ दूरी पर खड़ा इंस्पेक्टर जोशी जानता था कि उस अभागिन नारी के पति को अवश्य सजा होगी और सजा मृत्यु की भी हो सकती है। उनकी बातों के मध्य ही उसे मालूम

हुआ कि उस अभागिन नारी का नाम सुधा है। पल भर खड़ा रहने के बाद वह वापस जाने लगा कि तभी सुधा को उसकी उपस्थिति की आहट मिल गई।

''इंस्पेक्टर साहब।'' वह तड़पकर चीखती हुई उसकी ओर दौड़ी और झट उसके पगों पर गिर गई।

इंस्पेक्टर जोशी बौखलाकर दो पग पीछे हट गया। सुधा रो-रोकर हाथ जोड़ते हुए उससे विनती करने लगी, ''इंस्पेक्टर साहब, मेरे पति को छोड़ दीजिए। उन्होंने कोई हत्या नहीं की है। वह निर्दोष हैं। उनकी जगह आप मुझे गिरफ्तार कर लीजिये।''

तभी सुधा के ससुर जी वहां आ गये। उन्होंने बहू को सहारा देकर खड़ा किया और फिर इंस्पेक्टर की ओर देखा-आंखों में आशा की झोली फैलाये।

इंस्पेक्टर जोशी का दिल पत्थर का नहीं था परन्तु उसके अपने कुछ उसूल थे। उसके विचार के अनुसार कानून में ढील देना कानून को धोखा देना था। उसने कहा, ''मुझे अफसोस है कि मैं आपकी कोई सहायता नहीं कर सकता। अपनी रिपोर्ट मैं 'रेकार्ड' पर चढ़ा चुका हूं। जो जांच अधूरी रह गई है, उसे पूरी करके अदालत के हवाले करना मेरा कर्तव्य है।'' उसने अपना वाक्य पूरा किया और तेजी के साथ थाने के बाहर निकल गया परन्तु सड़क पर आने के बाद भी सुधा की चीख सुनाई पड़ रही थी। ''इंस्पेक्टर साहब, मेरा पति निर्दोष है-मेरा पति निर्दोष है।''

***

''मेरा पति निर्दोष है...मेरा पति निर्दोष है साहब, उसे छोड़ दीजिए। उसने हत्या नहीं की।'' अदालत में मजिस्ट्रेट के सामने अपने पति को दो सिपाहियों के मध्य हथकड़ी पहने खड़ा देखकर सुधा हाथ जोड़ते हुए रो-रोकर विनती कर रही थी क्योंकि मजिस्ट्रेट उसके पति की जमानत रद्द कर चुका था।

रद्द करने के कई कारण थे। सेठ गोविन्द प्रसाद के हत्यारे को सख्त से सख्त सजा दिलाने के लिए सरकारी वकील तो लड़ता ही परन्तु सेठजी के नातेदारों ने शहर के सबसे बड़े एडवोकेट को भी रखकर यह भय प्रकट किया कि यदि हत्यारा जमानत पर छूट गया तो उनकी जान भी खतरे में पड़ जायेगी। साथ ही उन्होंने कहा कि फर्म गोविन्द प्रसाद एण्ड कम्पनी के हिसाब में तीस हजार रुपये कम हैं। यदि हत्यारे को रिहा किया गया तो वह निश्चय ही इन रुपयों का सहारा लेकर अपने सारे नातेदारों समेत कहीं दूर भाग जायेगा। जब जमानत न होने का कारण सुधा को अपने वकील द्वारा ज्ञात हुआ तो वह स्तब्ध रह गई। सभी को आश्चर्य हुआ क्योंकि यह दोष

सरासर बेबुनियाद और गलत था। सुधा अपने पति की बेबसी देखकर तड़प उठी थी और रो-रोकर विनती कर रही थी, ''उसे छोड़ दीजिए। उसने किसी की हत्या नहीं की है-वह निर्दोष है।''

परन्तु मजिस्ट्रेट का आदेश अन्तिम तथा अटल था। ऐसी घटनाएं उसे रोज ही देखने को मिलती थीं। उसके दिल पर सुधा के आंसुओं ने कोई प्रभाव नहीं डाला। न्याय का तराजू आंसुओं के बाट से नहीं गवाहों के ठोस बयानों से तोला जाता है।

मजिस्ट्रेट की ओर से निराश होकर सुधा ने अपने पति की ओर देखा। सिपाही उसे ले जा रहे थे। लपककर वह सबके सामने ही अपने पति की छाती से लिपट गई। फूट-फूटकर वह इस प्रकार रो पड़ी मानो सिपाही उसे हवालात में नहीं फांसी के तख्ते पर ले जा रहे हैं। उसके आंसुओं को देखकर उसके पति का कलेजा फट गया। परन्तु वह विवश था। एक बंधे पशु के समान उसे जाना था और वह चला गया। अपनी पत्नी को रोता-बिलखता छोड़कर, अपने माता-पिता के सहारे। उसकी माता ने पत्नी को अपनी छाती से लगा लिया और स्वयं रो पड़ी।

***

फिर मुकद्दमा चला। मुकद्दमे के मध्य सुधा की मां तथा बाबा भी आ गये। सारी बातें पत्र द्वारा सुधा उन्हें लिख चुकी थी इसलिए आते समय अपने किरायेदारों से कुछ कर्ज भी लेते आयें ताकि अपनी ओर से सहायता पहुंचाकर बेटी का सुहाग सुरक्षित कर सकें। छुट्टियों के अतिरिक्त मुकद्दमे के मध्य भी सुधा को कुछ पल के लिये अपने पति से मिलने का अवसर मिल जाता था। हर पेशी पर वह अपने ससुर जी के साथ वकील को लिए अवश्य अदालत में आ खड़ी होती। अपने पति को कटघरे में हथकड़ियां पहने खड़ा देखकर उसका दिल छलनी हो जाता, उसका पति कितना असहाय था-बेबस। जाते समय उससे मिलती तो फिर वही आंसू होते-वही आहें और वही सिसकियां। सुधा को अपने पति की बात का विश्वास था। वह कभी किसी की हत्या नहीं कर सकता। उसने कोई चोरी नहीं की थी। उसने अपने बयान में कहा था कि जब वह एक फाइल लेकर सेठ गोविन्द प्रसाद के कमरे में पहुंचा तो वह मेज पर लुढ़के हुए थे। उनकी पीठ में छुरी धंसी हुई देखकर वह घबरा गया। सेठजी की सांस चल रही थी। उनकी तकलीफ कम करने तथा उन्हें बचाने के विचार से उसने वह छुरी उनकी पीठ से निकाली ही थी कि तभी इंस्पेक्टर आ गया था।

परन्तु सरकारी वकील की दृष्टि में यह सारी बातें गलत, मनघड़न्त तथा अट्टहासपूर्ण थीं। ऐसी बातें सभी हत्यारे रंगे हाथों पकड़े जाने के बाद अपने बचाव में कहते हैं। सरकारी वकील ने कहा कि हत्यारा जगदीश फर्म का खजान्ची था। उसके हाथ में पैसों का हिसाब-किताब था।

उसने रुपये चुराये हैं और अवश्य चुराये हैं। और जब सेठजी को रुपयों का हिसाब नहीं दे सका तो बात दबाने के लिए उसने बहुत बेदर्दी के साथ उनकी हत्या कर दी। सेठजी को निश्चय ही अपने खजान्ची से कोई भय उत्पन्न हो चुका था और इसीलिए वह इंस्पेक्टर जोशी को बुलाकर अपने दिल का भय प्रकट कर देना चाहते थे। परन्तु यह बात अपराधी को नहीं मालूम थी और इसीलिये जब वह सेठजी की हत्या कर रहा था तो अचानक वहां आशा के विपरीत इंस्पेक्टर जोशी पहुंच गया। यदि इंस्पेक्टर जोशी वहां नहीं पहुंचता तो हत्यारा निश्चय ही अपना काम समाप्त करने के बाद वहां से भाग निकलता।

विटनेस बाक्स में आकर इंस्पेक्टर जोशी ने वकीले- सफाई के प्रश्नों का वही उत्तर दिया जो उसने अपनी आंखों द्वारा देखा था। यह सारी ही बातें वह अपनी रिपोर्ट में पहले भी लिख चुका था।

सरकारी वकील ने अपनी बातों में वजन लाने के लिए सुधा को भी अदालत में ला खड़ा किया। उसे विश्वास था कि चोरी के बाद रुपये छिपाने में अपराधी की पत्नी का भी हाथ है। सुधा को विटनेस बाक्स में खड़ा करके उसने उसका हाथ गीता पर रखवाया और फिर सच के अतिरिक्त कुछ भी न कहने की शपथ ली। फिर उसका नाम पूछा। विवाह से पहले तथा विवाह के बाद अपने पति के साथ उसके व्यवहारिक संबंध के बारे में कुछ अनावश्यक प्रश्न पूछते हुए उसने उसे अपनी बातों के जाल में लपेटा। इसके बाद पूछा, ''सुधा देवी, क्या आपको वास्तव में ज्ञात नहीं कि आपके पति ने सारा रुपया कहां छिपाया है?''

''मेरे पति ने कोई चोरी नहीं की। वह कभी ऐसा नहीं कर सकते।'' सुधा ने अपने आंसू पोंछते हुए कटघरे में बंद अपने पति को देखा।

''देखिये सुधा देवी, आपने अभी-अभी गीता पर हाथ रखकर केवल सच बोलने की सौगन्ध खाई है। यदि आप झूठ बोलेंगी तो आपके पति को निश्चय ही पाप लग जायेगा। आप केवल उन्हीं बातों का उत्तर दें जो मैं पूछ रहा हूं।'' सरकारी वकील ने नम्रता से कहा, ''मैं अपना प्रश्न फिर दोहराता हूं। बताइए, क्या आपको वास्तव में ज्ञात नहीं कि आपके पति ने सारा रुपया कहां छिपाया है?''

सुधा ने अपनी भीगी आंखों द्वारा सरकारी वकील को घूरकर देखा। फिर नफरत से मुंह फेरकर कुछ खिसियाई-सी बोली, ''मुझे कुछ भी नहीं मालूम।''

सरकारी वकील को मुकद्दमा लड़ने का वर्षों का अनुभव था और शायद उसे सुधा को क्रोध में उत्तेजित देखने की ही प्रतीक्षा थी। अपनी जीत की आशा लिए वह बहुत हल्के से मुस्कराया।

फिर मस्तक पर बल डालकर बोला, ''याद कीजिए...कभी जागते में, या सोते में, प्यार और मुहब्बत करते समय, क्या कभी भी आपके पति ने ऐसी चोरी का वर्णन नहीं किया?'' अनुभवी सरकारी वकील मानो सुधा के दिल की गहराई से सारी वास्तविकता खींच लेना चाहता था।

''वह केवल मजाक किया करते थे।'' सुधा खीझ उठी तो सत्य तुरन्त ही उसके होंठों पर आ गया। यूं भी वह गम तथा परेशानी की अधिकता के कारण अपना आधे से अधिक होश पहले ही गंवाए बैठी थी इसलिए यह नहीं जान सकी कि उसके होंठों से निकला सत्य सरकारी वकील के लिए सोने पर सुहागा सिद्ध होगा।

''योर आंनर।'' अचानक सरकारी वकील के मुखड़े पर रौनक आ गई। वह तुरन्त न्यायाधीश की ओर पलटा। उसे सबूत का बहुत बड़ा खजाना मिल गया था। उसने सुधा की बात पर ध्यान दिलाकर कहा, ''अपराधी की पत्नी के बात से साफ प्रकट है कि अपराधी का चोरी करने का इरादा पहले से ही था। उसने चोरी की है-अवश्य चोरी की है परन्तु उसे अपनी भोली-भाली पत्नी पर विश्वास नहीं था इसलिए चोरी का यह भेद उसने अपने तक ही सीमित रखा और जब सेठ गोविन्द प्रसाद को अपराधी द्वारा अपने हिसाब में कुछ गड़बड़ी दिखाई पड़ी तो उन्होंने यह बात पुलिस को सुपुर्द कर देनी चाही। परन्तु इसी बीच अपराधी ने उनकी हत्या कर दी क्योंकि अपने आपको छुपाने के लिए उसके पास कोई भी दूसरा रास्ता नहीं था।''

सरकारी वकील की दलील में वजन था इसलिए अपराधी के पिता ने सुधा को बहुत गौर तथा सन्देहपूर्ण दृष्टि से देखा। उन्हें मानो विश्वास हो चला था कि सुधा की सुन्दरता के पीछे पागल होकर उनके बेटे ने अवश्य यह चोरी की होगी ताकि अपनी पत्नी को बहुमूल्य आभूषणों से संवार सके। आजकल के नवयुवक तो सुन्दरता को देखते ही अपनी सूझ-बूझ गंवा बैठते हैं। अपने बेटे की बरबादी का दोषी उन्होंने सुधा को बनाया। उसकी सुन्दरता को मन ही मन कोसा- सुधा ने उनकी घूरती दृष्टि का अहसास किया तो ऊपर से नीचे तक कांप गई।

उस दिन सुधा ने पहली बार महसूस किया कि उसके पति के घर में उसका कोई स्थान नहीं है। किसी ने उससे कुछ कहा नहीं, सबके खामोश या रूखे व्यवहार से यही प्रकट था कि इस घर की बरबादी का एकमात्र कारण वही है-केवल वही। उन्हें अब केवल अदालत के निर्णय की ही प्रतीक्षा थी। यदि निर्णय उनके पक्ष में नहीं हुआ तो यह लोग उनका जीना कठिन कर देंगे।

लगभग नौ मास बीतने को आए तब जाकर मुकद्दमे की सारी कड़ियां सुलझीं। और फिर निर्णय का भी दिन आ गया। निर्णय के समय अदालत में इंस्पेक्टर जोशी भी उपस्थित था। आज एक दूसरे मुकद्दमे के संबंध में उसकी पेशी थी-वहीं बगल के कमरे में। बरामदे में जाते समय जब

अचानक ही उसकी दृष्टि सुधा पर पड़ गई थी तो मानो उसके पग अपने आप ही उसे वहां तक खींच लाए थे। दरवाजे के समीप खड़े होकर वह भी इस मुकद्मे का निर्णय सुन लेना चाहता था क्योंकि यह 'केस' उसी का था और इस 'केस' में अपराधी पर अपराध का सिद्ध होना ही उसकी सफलता थी। उस दिन अपराधी के सभी नातेदार वहां उपस्थित थे। उसके माता-पिता, भाई-बहन। सुधा की मां तथा बाबा भी आ गये थे। मुकद्मे के मध्य कई बार लखनऊ आकर, वह मेरठ वापस चले जाते थे।

सुधा उनके बीच खड़ी निर्णय की प्रतीक्षा कर रही थी। उसके मुखड़े पर हवाइयां उड़ रही थीं। दिल बेचैन धड़कनें लिए कांप रहा था। पिछली रात उसे एक पल भी नींद नहीं आई थी। यदि इस समय उसकी मां तथा बाबा साथ नहीं होते तो उसके लिए अदालत में खड़ा होना भी कठिन हो जाता। इंस्पेक्टर जोशी ने सुधा की अवस्था देखी तो उसे उस पर दया आई। सुधा मां बनने वाली थी-शायद कुछेक दिनों के अन्दर ही। सुधा ने अपने ऊपर चुभती हुई दृष्टि महसूस की तो उसकी पलकें भी इंस्पेक्टर जोशी पर उठ गईं। परन्तु उसे देखते ही उसके मस्तक पर नफरत के बल पड़ गये। इंस्पेक्टर जोशी को उसने इस प्रकार घूरा मानो वहीं खड़े-खड़े ही उसे दृष्टि द्वारा जलाकर राख कर देना चाहती हो। आज जो कुछ भी उसकी स्थिति है, वह इस चण्डाल के कारण ही है। इस चण्डाल के कारण ही उसके सुहाग की सलामती दुविधा में पड़ गई है। इसी चण्डाल के बयान पर निर्भर करके आज न्यायाधीश को अपना न्याय देना है क्योंकि इस मुकद्मे में खुद को चश्मदीद गवाह बनाने वाला यही एकमात्र व्यक्ति है।

उसने अपना चेहरा घृणा से झटककर दूसरी ओर फेर लिया। इंस्पेक्टर जोशी के दिल को धक्का लगा। परन्तु उसका पेशा-कर्तव्य-धर्म? वह एक पुलिस इंस्पेक्टर है। उसे इतना भावुक नहीं होना चाहिए। होंठों को चबाते हुए उसने अपने दिल को सख्त किया और फिर न्यायाधीश की ओर देखा। वह अदालत में आकर अपनी कुर्सी पर बैठ रहे थे। कुर्सी पर बैठकर न्यायाधीश ने अपराधी को देखा। कटघरे में बन्द अपराधी बहुत असहाय दृष्टि से अपनी पत्नी को देख रहा था। उसकी आंखों में आंसू थे। उन्हें उस पर दया आई। परन्तु कानून के पास आंखें नहीं होतीं। कानून अन्धा होता है ताकि किसी के आंसू नहीं देख सके। इसलिये न्यायाधीश ने अपना फैसला सुना दिया-मृत्यु दण्ड।

''नहीं।'' अदालत के कटघरे में खड़ा अपराधी चीख पड़ा। उसकी चीख से अदालत का सारा कमरा गूंज गया। वह चीख-चीखकर कह रहा था, ''मैं निर्दोष हूं। मैंने कोई हत्या नहीं की। मैं निर्दोष हूं।''

उसकी आवाज के साथ उसके सारे नातेदारों में भी हाहाकार मच गया। सब मिलकर न्याय की दुहाई देने लगे। सभी की दृष्टि में जगदीश निर्दोष था। परन्तु सुधा के होंठों पर मानो ताला पड़ गया था। एक भी शब्द वह नहीं कह सकी। केवल उसके अधर कांपे और फिर उसे चक्कर आ गया था। उसकी छाती पर पहाड़ गिर पड़ा था। उसका होश जाने लगा। उसके पग लड़खड़ाए- और फिर वह वहीं फर्श पर धम्म से गिर पड़ी। अन्तिम बार उसके कानों ने सुना, उसका पति चीख-चीखकर कह रहा था, ''मुझे छोड़ दो-मैंने हत्या नहीं की-मैं निर्दोष हूं।''

इंस्पेक्टर जोशी ने सुधा की स्थिति देखी, इस प्रकार मानो उसे सुधा की ऐसी स्थिति देखने की आशा थी। मृत्यु दण्ड के बाद उसने हत्यारों की कितनी ही पत्नियों को ऐसी अवस्था में देखा था। फिर भी उसकी आंखें छलक आईं तो अपने आंसुओं को पोंछते हुए वह कमरे से बाहर निकल गया। जाने क्यों एक पल के लिए उसे विचार आया कि इस मुकद्मे में कहीं भूले-भटके उससे कोई गलती तो नहीं हो गई है? परन्तु नहीं, उससे कोई गलती नहीं हुई है। उसने जो कुछ देखा था वही रिपोर्ट में लिखा था और अपराधी को उसके अपराध का दण्ड अवश्य मिलना चाहिए, अपराधी चाहे कोई भी हो।

उसके दिल को सन्तोष मिल गया। सुधा को दूसरे दिन शाम को होश आया। बहुत हल्का- सा। तब वह एक अस्पताल में थी। उसकी आंखें खुलीं तो पलकें फाड़-फाड़कर वह इस प्रकार देखने लगी मानो कोई भयानक सपना देखकर उठी थी। उसकी कलाई में 'सलाइन' लगी हुई थी। उसके पेट में सख्त दर्द था। सारा शरीर दर्द के कारण टूट रहा था। अचानक उसने अपनी वास्तविकता का आभास किया-उस वास्तविकता का जिससे टकराकर वह इस अवस्था को पहुंची थी, तो उसके कानों में फिर वही चीख गूंजने लगी जो उसने अपने पति के स्वर में अदालत का फैसला होने के बाद सुनी थी। 'मुझे छोड़ दो मैंने कोई हत्या नहीं की, मैं निर्दोष हूं।' उसका दिल फटने लगा। तड़पकर रो पड़ने के लिए उसके होंठ थर-थर कांपने लगे। आंखों में आंसू भर- भर आए। शारीरिक तथा मानसिक दर्द असहनीय हो गया तो होंठों पर सिसकी आने से पहले ही वह बेहोश हो गई।

समीप ही उसकी मां तथा बाबा बैठे हुए थे। सुधा की अवस्था उनसे देखी नहीं गई। मां तो अपनी बेटी का सुहाग लुट जाने के गम में इतना अधिक रोई थी कि उसकी आंखें सूज गई थीं। बाबा बूढ़े थे-तसल्ली के भूखे थे, फिर भी अपनी बेटी को तसल्ली देने पर विवश थे। पुरुष कितना ही निर्बल हो, परन्तु नारी के सामने बड़े से बड़ा दुःख सहन करने की शक्ति अवश्य रखता है। शायद इसीलिए बाबा की जान अटकी हुई थी।

सुधा की अवस्था एक सप्ताह तक ऐसी ही रही-कभी होश में तो कभी बेहोशी के संसार में। होश में आती तो आंखें फाड़कर पुतलियां नचाती हुई पागलों समान इधर-उधर देखने लगती। अर्धबेहोशी में दांत पीसती हुई बड़बड़ाने लगती, ''पापी, नीच, चंडाल-मैं तुझे जीवित नहीं छोड़ूंगी। तेरे कारण ही मेरे पति को मृत्युदण्ड मिला है। कमीना, नीच इंस्पेक्टर का बच्चा...'' और भी बहुत कुछ कहती, परन्तु उसके शब्द होंठों में खोकर रह जाते। सुधा को इतना बड़ा सदमा पहुंचा था कि डाक्टर परेशान हो उठे। डाक्टर को सन्देह हुआ कि कहीं पूर्णतया होश आने पर सुधा अपनी स्मृति न खो दे। सुधा को आहार में ग्लूकोज देकर जीवित रखा जा रहा था।

सप्ताह के अन्त में रात आरम्भ होने के बाद सुधा को पूर्णतया होश आया तो उसको शारीरिक तथा मानसिक पीड़ा कम थी। ऐसा लगता था मानो सदमे का दहाड़ता हुआ सागर दिल के अन्दर खामोश हो गया है। उसने आंखें खोलीं तो सामने क्षितिज पर चन्द्रमा बहुत खामोशी के साथ उसे खिड़की द्वारा देख रहा था-उसी के समान वह भी बहुत उदास था। बाहर वातावरण शायद भीगा-भीगा था। शबनम के आंसुओं से तर। सहसा उसके कानों के बिल्कुल समीप आकर एक नन्ही-सी चीख उभरी, बहुत प्यारी-सी चीख, अपने अन्दर शान्ति की मिठास लिए हुए। उसने बड़ी कठिनाई से गर्दन घुमाकर देखा। उसके समीप नन्ही-सी जान लेटी रो रही थी।

उसे सख्त आश्चर्य हुआ। उसकी स्मृति की अनुपस्थिति में जाने कब इस बच्चे ने जन्म लिया था? परन्तु उसके मन की शान्ति ने उसे बता दिया कि यह बच्चा उसी का है। उसे शारीरिक पीड़ा से भी मुक्ति मिल गई थी। एक नर्स ने लपककर बच्चे के मुंह में दूध की बोतल लगा दी। बच्चा चुप हो गया। सुधा बहुत कमजोर थी इसलिए बच्चे को दूध नहीं पिला सकती थी। फिर भी उसने 'सलाइन' लगे हाथ को बिना हिलाए दूसरी ओर बड़ी कठिनाई के साथ थोड़ी-सी करवट बदली और बच्चे को चूम लिया। फिर नर्स के हाथ से बोतल लेकर वह खुद बच्चे को दूध पिलाने लगी। अब यह बच्चा ही उसके लिये सब कुछ था-उसकी आत्मा-उसका जीवन- उसके पति की एकमात्र निशानी थी यह जिसे वह एक पल भी जुदा नहीं कर सकती थी। उसने अपनी आंखें बंद कर लीं। होंठ भी सी लिये। अपने पति के बारे में कुछ जानने का वह साहस नहीं कर सकी।

उसे होश में आया देखकर उसकी मां उसके समीप स्टूल लाकर बैठ गई। बेटी के सिर पर हाथ फेरने लगी तो बेटी के गम का लावा आंसुओं में पिघलकर बहने लगा। आंसू बह जाएं तो

दिल को बहुत शान्ति मिल जाती है। परन्तु सुधा जानती थी कि उसे वह शांति कभी नहीं मिल सकती जो वह खो चुकी है।

कुछ पल बाद सुधा ने आंखें खोलीं। उसका बच्चा सो गया था। उसने बोतल वहीं एक किनारे रख दी। आराम से सीधे लेटकर उसने गर्दन घुमाते हुए इधर-उधर देखा, मानो बाबा तथा मां के अतिरिक्त उसे अपनी समीप कुछ और लोगों को भी देखने की आशा थी। उसे निराशा मिली तो उसने आश्चर्य से अपने बाबा को देखा।

''तेरे ससुराल वालों से हमारा नाता सदा के लिए टूट गया है बेटी।'' उसके बाबा ने उसकी दृष्टि समझकर कहा। उनका स्वर भीगा हुआ था, ''तेरी अवस्था इतनी गंभीर थी कि तुझे तुरन्त कचहरी से अस्पताल लाना पड़ा। तेरे पास तेरी मां को छोड़कर जब मैं तेरे पति के अन्तिम संस्कार में सम्मिलित होने गया तो उन लोगों ने मुझे कुत्ता समझकर दुतकारते हुए वापस भेज दिया, कहने लगे कि...कि...'' बाबा से आगे नहीं कहते बना तो वह आंसुओं से रो पड़े।

सुधा ने खामोश होकर अपनी आंखें बंद कर लीं। ऐसा समय देखने की वह उसी दिन से आशा लगाए हुए थी जिस दिन उसने अदालत में न्यायाधीश के सामने सरकारी वकील को बयान देते हुए कह दिया था कि उसका पति रुपये न चुराने की बात केवल मजाक में कहता था। उसका पति बच जाता तो बात अलग होती। उसकी पलकें बन्द थीं, फिर भी आंखों में आंसू आ गए। पलकों के किनारे हटाकर यह आंसू बाहर निकले और कनपटी से होते हुए कानों के गढ़े में एकत्र होने लगे।

कुछ पल बाद मां ने उसे बताया कि पिछले दिनों उसकी अवस्था गम्भीर रही। आज जब तीन घण्टे पहले उसने एक बच्चे को जन्म दिया तब जाकर उसकी अवस्था में कुछ सुधार आया है। डाक्टर ने बच्चा उत्पन्न होने के बाद अवस्था संतोषजनक बताते हुए कहा कि अब वह शीघ्र ही अपने घर जा सकेगी। अपने घर? वह घर जिसकी ड्यौढ़ी पर पग रखते हुए उसने सोचा था कि अब यहां से उसकी लाश ही निकलेगी? अब तो वह आत्महत्या भी नहीं कर सकती। इस बच्चे के लिए उसे जीना है जो उसके पति की अन्तिम निशानी है। इसे उसने अपनी कोख से जन्मा है। इस बच्चे में उसके पति की आत्मा बसी है। यही उसका संसार है-उसके दिल का सन्तोष। इसे वह पढ़ाएगी- लिखाएगी-और एक दिन बहुत ऊंचे व्यक्तित्व का मालिक बनाएगी। उसी प्रकार लेटे-लेटे वह एक हाथ द्वारा बच्चे के सिर पर प्यार से हाथ फेरने लगी।

***

सुधा ने वह घर सदा के लिए छोड़ दिया जो उसका स्वर्ग था-और वह शहर भी जो उसके लिए तीर्थ स्थान था। अपने बच्चे को छाती से लगाए वह अपनी मां तथा बाबा के साथ लखनऊ का अस्पताल छोड़ने के बाद सीधे मेरठ चली आई। आने से पहले एक बार वह अवश्य अपने ससुराल वालों से मिलना चाहती थी-उस ड्योढ़ी पर अपना मस्तक टेकना चाहती थी जहां उसका मन्दिर था, परन्तु फिर डरकर उसका दिल कांप उठा था। ससुराल वालों ने यदि उसके दिल का टुकड़ा छीन लिया, तब क्या होगा? बच्चे को जब तक देखा नहीं तब तक तो ठीक था। देख लेने के बाद प्यार का छलक आना कोई बड़ी बात नहीं। इसीलिए वह किसी से मिले बिना ही मेरठ चली आई थी। उसे ज्ञात था कि वह उनके लिए मर चुकी है। जिस नागिन ने उनके घर में पग रखते ही एक जवान बेटे को डस लिया हो उसे वह क्यों क्षमा करेंगे? काश कोई उसके दिल के अन्दर भी झांककर देखता-तब पता चल जाता कि उसका घाव तो नासूर है-पीप बह रहा है दिल में।

मेरठ आकर सुधा ने परिस्थितियों से समझौता कर लेना चाहा परन्तु सफल नहीं हो सकी। सफल होती भी कैसे? घाव इतनी आसानी से नहीं भरने वाला था। उसके दिल को इतना बड़ा सदमा पहुंचा था कि कभी-कभी अकेले में चुपचाप बैठे-बैठे वह अचानक ही फूट-फूटकर रो पड़ती थी। फिर रोते-रोते उसे घण्टों बीत जाते। आंसू रुकने का नाम ही नहीं लेते। सिसकियों तथा हिचकियों से उसका पूरा शरीर कांप उठता था। वह अपने बच्चे को छाती से लगा लेती, परन्तु मन जरा भी हल्का नहीं होता। रोते-रोते उसका गला भारी हो जाता, आंखें सूज आतीं। तब उसकी अवस्था मां तथा बाबा से देखी नहीं जाती। मां उसे छाती से लगाकर स्वयं भी रो पड़ती। बाबा उसके सिर पर हाथ फेरने लगते-उसे तसल्ली देते-समझाते।

धीरे-धीरे उसकी मां तथा बाबा को विश्वास हो गया कि उसके पति ने अवश्य हत्या की थी। अपराधी कोई भी हो, मृत्युदण्ड देने में अदालत भूल नहीं कर सकती। आखिर पुलिस इंस्पेक्टर को उसके पति से कोई बैर तो था नहीं। इस बात का सहारा लेकर उन्होंने कई बार चाहा कि सुधा का घर बसा दें। उनके जीवन के अब दिन ही कितने हैं? यदि उन दोनों को कुछ हो गया तो सुधा का जीवन पहाड़ बन जायेगा। एक असहाय अबला के लिए भरी जवानी में सम्मान के साथ जीवन बिताना आसान नहीं होता।

सुधा के बाबा ने जिस महाजन के हाथ अपना मकान गिरवी रखकर विवाह के लिए रुपये लिए थे वह तो सुधा को देखते ही उस पर दीवाना हो गया था। कम्बख्त की आयु पचपन वर्ष से कम नहीं, पत्नी को चिता पर फूंक आया है, तीन-तीन लड़कियों के हाथ पीले कर चुका है, फिर भी सुधा का हाथ मांगने से नहीं चूका था। इस मकान को गिरवी रखने की एक शर्त थी? यदि

पांच वर्ष के अन्दर सूद समेत सारे रुपये नहीं अदा किए गए तो महाजन को मकान नीलाम कराकर अपने रुपये वसूल करने का पूरा अधिकार होगा। परन्तु सुधा सारी परिस्थितियों से परिचित होकर भी दूसरा विवाह करने को तैयार नहीं हुई। वरन् एक बार रोते-रोते उसने साफ कह दिया कि किसी ने अब और उससे दूसरे विवाह की बात छेड़ी तो वह घर छोड़कर सदा के लिए चली जायेगी। यदि बच्चे का पालन-पोषण नहीं कर सकी तो बच्चे सहित आत्महत्या कर लेगी। उसे अपने पति के निर्दोष होने पर कोई सन्देह नहीं था। उसका दिल कहता था कि उसे गलत दण्ड मिला है। यह केवल उसका अपना दुर्भाग्य था जो उसका पति बेमौत मारा गया। अपने इसी दुर्भाग्य को लेकर पति की याद में वह दिन-रात आठ-आठ आंसू बहाने पर विवश थी। इसका परिणाम यह हुआ कि धीरे-धीरे उसकी आंखों की ज्योति कम होने लगी और एक दिन जब उसे इस बात का पूरा अहसास हुआ तो उसने अपने टूटे दिल पर पत्थर रख लेना चाहा। उसे आंखों की आवश्यकता थी-सख्त आवश्यकता-ताकि अपने जिगर के टुकड़े को अपनी पलकों की छांव तले फलता-फूलता देख सके। अंधी रहकर तो वह अपने बच्चे के उज्ज्वल भविष्य के लिए कुछ भी नहीं कर सकती थी।

उसने सब्र कर लिया-सब्र करने में काफी सीमा तक वह सफल भी हुई। परन्तु जब रात का अंधकार गम का लबादा ओढ़े समीप आता, जब वातावरण की खामोशी में वह अपने बच्चे को छाती से लगाए पलंग पर लेटकर आंखें बंद कर लेना चाहती तो उसके कानों में कदमों की एक जानी-पहचानी चाप बहुत हल्के-हल्के सुनाई पड़ने लगती। ऐसा लगता मानो उसके पति की आत्मा यहीं-कहीं मंडरा रही है। यह उसके दिल का भ्रम था या वास्तविकता, वह नहीं जान सकी और न ही जानना भी चाहती थी। परन्तु उसकी समीपता महसूस करके वह उठकर अवश्य बैठ जाती थी। फिर आंखें फाड़-फाड़कर वह इधर-उधर देखने लगती। और जब कुछ भी नहीं दिखाई देता तो लेटकर वह अपने बच्चे को छाती में समा लेती और फूट-फूटकर रोने लगती। फिर बहुत देर तक वह चुपके-चुपके आंसू बहाती रहती। विवाह के कुछ दिनों के अन्दर ही उसका पति उसके दिल और दिमाग पर किस प्रकार छा गया था, यह आज उसके आंसुओं को देखकर मालूम होता था। उसके आंसुओं के साथ उसकी आंखों की ज्योति कम हो रही थी-और भी कम होने लगी। और एक दिन जब उसकी आंखों के सामने हर वस्तु धुंधलाने लगी तो विवश होकर उसने चश्मे का उपयोग करना आरम्भ कर दिया। अपने बच्चे को वह एक पल भी अपनी दृष्टि से ओझल होने नहीं देना चाहती थी।

दो वर्ष बीतने को आए। इन दो वर्षों में इंस्पेक्टर जोशी-आनन्द जोशी-अपनी हर घटना समान उस घटना को भी भूल गया जिसने सुधा नाम की एक स्त्री को विधवा बना दिया था। ऐसी

घटनाओं से दो चार होना तो उसका पेशा था। किस-किसको याद रखता? इन दो वर्षों में कितने ही पुलिस इंस्पेक्टरों को एक जगह से दूसरी जगह तबादला हो गया, परन्तु उसका अपना पुराना ही हलका था। इन दो वर्षों के अन्दर लखनऊ जिले का अधिकार एक नए डी.आई.जी. को मिला जिनका तबादला कानपुर से हुआ था। एक ही विभाग में एक ही पद पर काम करने के कारण यह डी.आई.जी. उसके स्वर्गवासी पिता के गहरे मित्र भी रह चुके थे। उसके पिता की मेहनत, ईमानदारी तथा बहादुरी सारे विभाग में प्रख्यात थी। लखनऊ आने पर जब डी.आई.जी. साहब ने यह गुण इंस्पेक्टर आनन्द जोशी में पाया तो उन्हें हार्दिक प्रसन्नता मिली। उन्होंने उसे बधाई दी।

इंस्पेक्टर जोशी को वह आरम्भ से ही अपने बेटे समान चाहते आए थे। इंस्पेक्टर जोशी भी उन्हें अपने पिता के जीवन काल में 'अंकल' कहकर सम्बोधित करता था। परन्तु अब उनसे उनकी भेंट पांच वर्ष बाद हुई थी और एक ही विभाग में उनसे छोटे पद पर काम करने के कारण वह उन्हें 'सर' करने पर विवश था। फिर भी डी.आई.जी., साहब जानते थे कि इंस्पेक्टर जोशी का उज्ज्वल भविष्य सुरक्षित है। अपनी मेहनत, लगन, ईमानदारी तथा बहादुरी के कारण वह उनसे भी बड़ा अधिकारी बनकर विभाग का गौरव बन सकता है। विभागीय परीक्षाएं योग्यतानुसार सभी उम्मीदवारों को अवसर देती हैं। परीक्षाएं हुईं, इंस्पेक्टर जोशी परीक्षा में बैठ गया। परिणाम निकलने में अभी देर थी। परन्तु उन्हीं दिनों डी.आई.जी. साहब की सुपुत्री किरण भी कानपुर से अपनी शिक्षा समाप्त करके लखनऊ चली आई तो उन्हें अपने आप ही इंस्पेक्टर जोशी का विचार आ गया, जिस समय कानपुर से उनका तबादला लखनऊ हुआ था उस समय किरण एक कालेज में पढ़ रही थी। उसे अपने साथ लाते तो उसकी पढ़ाई अधूरी रह जाती। यही कारण था कि पत्नी के साथ लखनऊ आने से पहले उन्होंने अपनी बेटी के रहने का सारा प्रबन्ध कानपुर में कर दिया था। किरण की शिक्षा समाप्त होने के बाद हर माता-पिता के समान उसकी पत्नी तथा उन्हें भी अपनी बेटी के हाथ पीले कर देने की चिन्ता सताने लगी थी। परन्तु जब उनके मस्तिष्क में इंस्पेक्टर जोशी का विचार आया तो मन को सन्तोष ही नहीं प्रसन्नता मिल गई। उनकी एकमात्र बेटी के लिए उनकी दृष्टि में इंस्पेक्टर जोशी बहुत ही उपयुक्त वर लगा। जब यह बात उन्होंने अपनी धर्मपत्नी को बताई तो वह तुरन्त सहमत हो गई। इंस्पेक्टर जोशी उनके बंगले में कभी-कभी उपस्थिति देना आवश्यक समझता था। वह अब भी उसे इंस्पेक्टर जोशी के बजाय आनन्द के नाम से ही सम्बोधित करती थीं। उन्हें उससे उसके पिता के जीवन-काल से ही

सहानुभूति थी क्योंकि वह आरम्भ से ही बिन मां की सन्तान था। पांच वर्ष पहले जब आनन्द से मिली थीं तो आनन्द अपनी शिक्षा के अन्तिम वर्ष में था और किरण केवल तेरह वर्ष की थी। अब किरण वास्तव में विवाह योग्य हो चुकी थी।

किरण से जब इंस्पेक्टर जोशी की भेंट हुई तो उसे देखकर वह सख्त आश्चर्य में पड़ गया। पांच वर्ष पहले 'स्कर्ट-ब्लाउज' पहनकर स्कूल जाने वाली यह छोकरी इतना अधिक खिल उठी थी कि वह उसे देखता ही रह गया। वह अब बचपन की लजाई कली नहीं थी-बहारों का खिला हुआ फूल थी। बचपन के समान वह कम बातें करने वाली भी नहीं थी बल्कि दिल की साफ और खुलकर बातें करने वाली थी। पहली ही भेंट में वह उससे पूरी तरह घुल-मिल गई और जब मुलाकातें बढ़ीं तो उसने ज्ञात किया कि किरण 'माडर्न' ही नहीं 'अल्टा माडर्न' भी है-फैशन की दीवानी। वह सुन्दर थी और इसीलिए जो भी फैशन करती उस पर उसकी सुन्दरता और खिल उठती थी। तंग कपड़े पहनती थी तो इस तरह कि उसके कसे हुए शरीर का अंग-अंग निखर आता-ढीले कपड़े पहनती तो इतने ढीले कि छितरी हुई किनारी में उसका सुन्दर मुखड़ा एक अकेले फूल के समान खिलने लगता।

जब मुलाकातें बढ़ीं तो किरण उसे अपना दिल भी हार बैठी। फिर धीरे-धीरे उसे दिल और जान से भी प्यार करने लगी। कोई भी लड़की होती तो ऐसा ही कर बैठती। इंस्पेक्टर जोशी एक सुन्दर व्यक्तित्व का मालिक था-तबियत का संजीदा। उसका रंग गोरा था और कद लम्बा, इसलिए इंस्पेक्टर की वर्दी में वह खूब खिलता था। यह सारी बातें स्वतन्त्र विचार, खुश मिजाज और नित नये फैशन करने वाली किरण की पसन्द के बिल्कुल विरुद्ध थीं, फिर भी वह इंस्पेक्टर जोशी पर दीवानी हो गई। नारी को स्वयं नहीं मालूम उसका दिल कब और किस पर रीझ जायेगा। वह तो बस अपनी पसन्द से समझौता करके उसकी हो जाने को तड़प उठती है जिसके लिए उसका दिल धड़कने लगता है। अपनी इस कमजोरी के कारण कभी-कभी एकांत में वह इंस्पेक्टर जोशी की बांहों में समा जाने को भी तड़प उठती थी। तब इंस्पेक्टर जोशी बहुत गम्भीर मुस्कान के साथ उसे टाल जाता। वह सिद्धान्त का पक्का था। किसी भी गलत काम में रुचि लेना उसके आगे अपराध था। अनुचित बातों से उसे घृणा थी। परन्तु कभी-कभी वह एकान्त में अवश्य सोचता, क्या वह मांस से बना एक मानव नहीं है जिसके अन्दर एक धड़कता हुआ दिल भी होता है?

शायद वह उसके पेशे का दोष था जिसने दिन-रात बदमाशों, चोर-डाकुओं तथा अत्याचारों पर सख्ती कराकर उसके दिल को पत्थर बना दिया था। शायद इसीलिए उसका दिल किरण के लिए कभी धड़क नहीं सका। उसकी अनुपस्थिति में तड़प नहीं सका। रात की तन्हाई में उसकी कमी नहीं महसूस कर सका। नींद के मध्य वह उसके सपने नहीं देख सका। क्या उसके दिल की चट्टान के नीचे कभी प्यार का सोता नहीं फूटेगा? उसे सन्देह था और इसीलिए उसने अपने-आपको किरण के भरोसे छोड़ दिया। आखिर कभी तो उसे किसी से विवाह करना ही है और उसे विश्वास करना पड़ा कि उसके लिए किरण से अच्छी लड़की और कोई नहीं हो सकती। किरण उसे प्यार करती है-और विवाह उसी लड़की के साथ करना चाहिए जो उसे प्यार करती हो-न कि उससे जिसे वह प्यार करता है। लेकिन प्यार नाम की धड़कन उसके दिल के किसी कोने में थी ही नहीं तो वह किसे प्यार करता? अपने दादा को अपना इरादा लिखकर उसने किरण की एक तस्वीर भी भेज दी। उधर डी.आई.जी. साहब ने भी अपनी पसन्द में बेटी की पसन्द मिलाकर विवाह की सारी तैयारियां आरम्भ कर दीं। फिर तारीख भी निश्चित हो गई। कार्ड भी छप गए। लोगों को आमंत्रित भी कर दिया गया। बहुत बेचैनी के साथ पुलिस विभाग के लगभग सभी कर्मचारी इस विवाह की प्रतीक्षा करने लगे।

उन्हीं दिनों इंस्पेक्टर जोशी के हाथों एक 'केस' लगा। शहर के दो ऐसे प्रतिष्ठित व्यक्तियों की हत्या हो गई थी कि पूरे शहर में सनसनी मच गई। हत्या बहुत निर्दयता के साथ की गई थी। इंस्पेक्टर जोशी ने अपनी योग्यतानुसार बहुत लगन से इस 'केस' की जांच की और हत्या का पता चलाने में सफल हो गया। फिर बिना समय गंवाए ही उसने पुलिस के जत्थे के साथ सुबह लगभग चार बजे हत्यारे के ठिकाने पर छापा मारा। अपराधी हाथ लगा। उसे थाने लाकर इंस्पेक्टर जोशी ने उचित सख्ती बरती। पूछताछ के मध्य जब हंटर लगाए तो अपने दांव-पेंच वाले प्रश्नों के उत्तर में उसे पता चला कि अपराधी पेशेवर हत्यारा है। यह बात जानकर उसे अपने उन मामलों की जांच करने की भी आशा बंध गई जो अधूरे थे। पेशेवर हत्यारे को देखकर थाने में उपस्थित अन्य इंस्पेक्टर भी चले आए। जिन्हें अपने-अपने मामलों में हत्यारों की तलाश थी।

''बताओ।'' इंस्पेक्टर जोशी ने गरजकर पूछा, ''इससे पहले तुमने कितनी हत्याएं की हैं और किन-किन व्यक्तियों की हत्या की है?''

हत्यारा जानता था कि अब पुलिस के हाथ से उसका बच निकलना असम्भव है। पिछले दिनों एक साथ की दो हत्याओं पर उसे मृत्युदण्ड मिलना निश्चित था इसलिए अब उसने अपने

सारे अपराध स्वीकार कर लेने में ही भलाई समझी। यदि कुछ छिपाने का प्रयत्न किया तो यह पुलिस वाले मार-मार कर उसका कचूमर बना देंगे। यूं भी अब तक पड़े कोड़ों के कारण उसकी गर्दन, कन्धे तथा पीठ का जोड़-जोड़ दुख रहा था। उसने अपनी गर्दन पर हाथ रखकर सहलाते हुए कहा, ''यह तो मुझे याद नहीं कि अब तक मैंने कितनी हत्याएं की हैं-शायद बारह हत्याएं की हों तो कह नहीं सकता-परन्तु जो भी हत्याएं की हैं वह पिछले दो वर्ष के अन्दर ही की हैं।'' हत्यारे ने एक दर्द की कराह ली और फिर बोला, ''पहले मैं छोटा-मोटा अपराध करके गुजारा कर लेता था परन्तु जब मैंने देखा कि पुलिस के हाथों से अपराधी का बच निकलना बहुत आसान है तो पैसे के लालच में आकर मैंने बड़े-बड़े अपराधों की ओर भी पग बढ़ा दिये। फिर एक दिन हत्या करने का समय भी आ गया। आज से लगभग दो वर्ष पहले मैंने अपने जीवन में पहली हत्या की थी-गोविन्द प्रसाद एण्ड कम्पनी के मालिक सेठ गोविन्द प्रसाद की।''

''क्या!'' सहसा इंस्पेक्टर जोशी इस प्रकार चौंक गया कि उसके हाथ से कोड़ा छूटते-छूटते बचा। उसकी आंखों के सामने तुरन्त सेठ गोविन्द प्रसाद की हत्या का दृश्य घूम गया। उसने खुद अपनी आंखों से जगदीश को उनकी हत्या करने के बाद छुरी निकालते हुए देखा था। अपने बयान के अतिरिक्त उस छुरी पर पड़ी अंगुलियों के निशान भी उसकी की हुई हत्या का सबसे बड़ा सबूत था। उसे हत्यारे की बात का जरा भी विश्वास नहीं हुआ। वह मानो खुद ही बड़बड़ाता हुआ बोला, ''नहीं...नहीं...ऐसा कैसे हो सकता है? वह हत्या तो...वह...।''

''वह हत्या मैंने ही की थी इंस्पेक्टर साहब।'' हत्यारे ने कहा, ''और मुझे अच्छी तरह याद है कि उस हत्या पर जगदीश नामक एक निर्दोष व्यक्ति को मृत्युदण्ड भी दे दिया गया था।''

इंस्पेक्टर जोशी सन्न रह गया। सुधा का मुखड़ा उसकी आंखों के सामने घूम गया। विवाह के जोड़े में उसका वह दमकता हुआ मुखड़ा उसकी मनहूस बात सुनकर कितनी जल्दी अपनी रंगत खो बैठा था। बड़ी-बड़ी आंखों की लम्बी-लम्बी पलकों से निकलता हुआ आंसुओं का सोता-सिसकियां-हिचकियां-दर्द भरी चीख और उसकी वह तड़पती आवाज, 'नहीं-नहीं- नहीं, ऐसा नहीं हो सकता-ऐसा कभी नहीं हो सकता। यह झूठ है। वह कभी किसी की हत्या नहीं कर सकते।' सुधा को अपने पति पर कितना विश्वास था-कितना अधिक! उसके दिल की बात कितनी सच थी।

इंस्पेक्टर जोशी के कान फटने लगे। सुधा की चीख अब और तेज होकर उसके कानों में गूंज रही थी। उसकी आंखों के सामने वह दृश्य भी आकर स्थिर हो गया जब अदालत में न्यायाधीश के आने से पहले फैसले के दिन उसने सुधा को देखा था। तब सुधा की आंखों में

उसके प्रति घृणा की कितनी भयानक आग थी। ऐसा लगता था मानो अदालत में ही उसे अपनी दृष्टि द्वारा जलाकर राख कर देना चाहती थी। अपने पति के लिए मृत्यु-दण्ड सुनकर तो वह अपना दुख सहन ही नहीं कर सकी थी। गश खाकर वहीं धम्म से गिर पड़ी थी।

सुधा की स्थिति याद करके इस समय इंस्पेक्टर जोशी को भी चक्कर आने लगा। उसने क्या कर दिया? एक निर्दोष को मृत्यु के घाट उतार दिया! ऐसी नारी की मांग का सिन्दूर मिटा दिया जिसके हाथों की मेंहदी भी अभी नहीं छूटी थी। यह...सब कैसे गया? कैसे? इतनी बड़ी भूल? उसने सख्ती से अपने होंठ भींचे और हत्यारे पर क्रोध से पागल होकर कोड़े बरसाने लगा, इस प्रकार मानो अपनी भूल का सारा क्रोध उसी पर उतार रहा हो। इंस्पेक्टर जोशी उसे मारता ही गया-मारता ही गया, इतना अधिक कि समीप खड़े सिपाही तथा इंस्पेक्टर्स भी उसे आश्चर्य के साथ देखने लगे। इंस्पेक्टर जोशी ने किसी अपराधी के साथ पहली बार ऐसा व्यवहार किया था।

‘‘बताओ।’’ इंस्पेक्टर जोशी ने कोड़ा मारते हुए क्रोध से पूछा। क्रोध के कारण उसकी आंखों में रक्त झलक आया था। उसने कहा, ‘‘बताओ, वह हत्या तुमने क्यों की थी? क्यों?’’

‘‘बताता हूं...बताता हूं सरकार...’’ हत्यारे ने एक घायल पशु के समान तड़पकर कहा, ‘‘उस हत्या को करने के लिए मुझे...दस हजार रुपये दिए गए थे।’’

‘‘किसने दस हजार रुपये दिए थे?’’ इंस्पेक्टर जोशी ने गरजकर उस पर एक कोड़ा और मारा।

‘‘सेठ की चचेरी बहन के लड़के मनोहर ने।’’

‘‘क्यों?’’ इंस्पेक्टर आनन्द ने एक पल सोचकर दांत पीसा।

‘‘सेठ गोविन्द प्रसाद की एक चचेरी बहन के अतिरिक्त संसार में कोई नहीं था। इस बहन के पास एक सन्तान है-मनोहर। मनोहर के नाम वह अपनी सारी सम्पत्ति पहले ही कर चुके थे। मनोहर एक अय्याश और आवारा व्यक्ति है। सेठजी की सम्पत्ति प्राप्त करने के विश्वास में वह उनकी मृत्यु की प्रतीक्षा बहुत बेसब्री से साथ कर रहा था। इसी विश्वास पर उसने महाजनों से अगणित रुपया उधार ले रखा था। लेकिन एक दिन सेठजी को एक महाजन द्वारा बातों ही बातों में मनोहर के चरित्र का ज्ञान हो गया। यह भी ज्ञात हो गया कि वह उनकी मृत्यु की प्रतीक्षा बहुत बेसब्री के साथ कर रहा है तो उन्होंने अपनी ढलती आयु में ही विवाह करने का इरादा कर लिया ताकि उनकी मेहनत से जुटाई गई सम्पत्ति का दुरुपयोग न हो।

इस बात का ज्ञान मनोहर को उसी दिन उस महाजन से हो गया जिसने बातों ही बातों में सेठजी के सामने मनोहर के चरित्र के बारे में कह दिया था। मनोहर से वह कहने गया था कि अब

सेठजी दूसरा विवाह करने की सोच रहे हैं इसलिए उसके रुपये लौटाने का प्रबन्ध तुरन्त कर दे वरना कानूनी कार्यवाही करेगा। मनोहर यह सुनकर पागल हो उठा। उसने तुरन्त बुड्ढे को रास्ते से हटा देने का इरादा कर लिया। इसके लिए उसने उसी दिन मुझसे सौदा किया-पूरे दस हजार रुपये का। फिर दूसरी सुबह मुझे साथ लेकर सेठजी के दफ्तर के सामने सड़क पर एक किनारे खड़ा हो गया ताकि मैं उन्हें पहचान लूं। मनोहर को ज्ञात था कि सेठजी दफ्तर खुलने के आधा घंटा बाद ही आते हैं-अर्थात् साढ़े दस बजे सेठजी अपने निश्चित समय पर आए। कार से नीचे उतरे तो कार चली गई। सेठजी अपने दफ्तर की ओर बढ़े कि तभी उनकी दृष्टि मनोहर पर पड़ गई। तब मनोहर मुझे उनको अच्छी तरह पहचान लेने का इशारा कर रहा था। सेठजी की नजर पड़ते ही मनोहर घबरा गया। फिर घबराकर नमस्ते करता हुआ वह उनके पास चला गया। मुखड़े पर कृत्रिम मुस्कान लाकर उसने उन्हें बताया कि वह इधर से अपने मित्र के साथ जा रहा था कि उनकी कार देखकर रुक गया।

'अच्छा!' सेठजी ने गर्दन हिलाकर कहा और चलते-चलते मुझे देखा-बहुत भेद भरी दृष्टि से। जब वह दफ्तर चले गये तो पल भर बाद मनोहर के बताये हुए इशारे पर मैं भी उनके दफ्तर पहुंचा। दरवाजे पर परदा था इसलिए मैंने झांककर देखा-सेठजी अपने कमरे में पहुंचकर खिड़की के समीप खड़े नीचे सड़क की ओर देख रहे हैं। शायद उन्हें हम पर संदेह हो गया था और इसीलिए वह हमें ही तलाश कर रहे थे। उनकी पीठ दरवाजे की ओर थी इसलिए अवसर से लाभ उठाकर मैं अन्दर पहुंचा और एक परदे की आड़ में खड़ा हो गया।

सेठजी अपनी कुर्सी पर आकर बैठ गए। बैठते ही उन्होंने पुलिस को फोन किया-शायद वह फोन आप ही को किया था।'' हत्यारे ने अपने बयान में अनुमान लगाया और बात जारी रखी, ''उसके बाद एक जगह और फोन मिलाकर पूछा, ''एडवोकेट साहब हैं?'' शायद वह अपना वसीयतनामा भी बदलना चाहते थे। परन्तु उधर से बात न हो सकी तो फोन रख दिया। फिर घंटी बजाई। कुछेक क्लर्क आदि आए और अपनी फाइलों पर हस्ताक्षर लेकर चले गये। फिर वह अकेले एक कागजात पढ़ने लगे कि तभी मुझे अवसर मिला गया और मैंने दबे पगों आगे बढ़कर एक हाथ से उनका मुंह दाबा और दूसरे हाथ से अपनी छुरी उनकी पीठ में धंसा दी। मैं छुरी बाहर खींचने ही वाला था कि तभी अचानक मुझे अपनी ओर बढ़ती एक आहट मिली। चूंकि वह मेरे हाथों की गई जीवन की पहली हत्या थी इसलिए मैं घबरा गया। छुरी मैंने वहीं छोड़ दी और तुरन्त लपककर एक परदे की आड़ में छिप गया।

तभी कमरे में उनका एक कर्मचारी प्रविष्ट हुआ सेठजी की अवस्था देखकर वह घबरा गया। सेठजी की जान अटकी हुई थी। उन्हें बचाने के लिए उसने बिना कुछ सोचे-समझे तुरंत उनकी

पीठ से छुरी बाहर खींच ली। परन्तु तब तक आप अचानक कमरे में प्रविष्ट हो चुके थे। उसके बाद वहां क्या हुआ आप स्वयं जानते हैं। जब कमरा दफ्तर के बाबुओं तथा ग्राहकों से भर गया तो मुझे वहां से बच निकलने में आसानी हो गई। मैं सीधा मनोहर से मिला उसने तुरन्त मेरा हिसाब चुकाया। फिर दस हजार रुपये और देने का वायदा करके उसने मुझे उस महाजन की हत्या कर देने को भी कहा जो सेठजी के इरादे से परिचित था। ऐसा न हो कि सेठजी की हत्या के बारे में सुनकर वह पुलिस के सामने अपना सन्देह प्रकट कर दे। रुपये की इतनी बड़ी राशि प्राप्त करके मेरा लालच बढ़ गया था। मैंने उसी रात उस महाजन की भी हत्या कर दी। एक दिन में दो हत्याएं करके मैंने अपना पेशा आरम्भ किया था और अब एक समय में दो हत्याएं एक साथ करके मैं...''

परन्तु इंस्पेक्टर जोशी उसकी बात नहीं सुन सका। क्रोध के कारण उसका चेहरा लाल होकर तमतमा रहा था। इस समय वह स्वयं को एक हत्या का जिम्मेदार समझ रहा था। वह हत्यारा है-हत्यारा-जिसके कारण एक अच्छा-भला घर बरबाद हो गया, एक मांग सूनी हो गई, एक जीवन बेमतलब मृत्यु का ग्रास बन गया। सुधा की तड़पती चीख फिर उसके कानों में गूंजने लगी तो उसने अपराधी को दोबारा बुरी तरह मारना आरम्भ कर दिया-मारता ही गया-इस प्रकार मानो उसे जान से मारकर ही दम लेगा।

हत्यारा घायल होकर गिर पड़ा और तड़प-तड़पकर चीखने लगा। तभी बीच में एक-दूसरे इंस्पेक्टर ने हस्तक्षेप किया। वह बोला, ''बस करो इंस्पेक्टर जोशी, अधिक मारने से यदि यह मर गया तो हम अपने अधूरे मामलों की जांच भी नहीं कर सकेंगे। साथ ही पुलिस विभाग की बहुत बदनामी होगी।''

इंस्पेक्टर जोशी ने फूलती हुई सांसों के साथ क्रोध में कोड़ा फेंक दिया। फिर दांत पीसता हुआ मुट्ठी बांधकर मानो स्वयं से ही बोला, ''मनोहर का बच्चा! कम्बख्त आज भी अपनी चालाकी के कारण गोविन्द प्रसाद एण्ड कम्पनी का मालिक बना बैठा है। परन्तु मैं उसे हर्गिज नहीं छोड़ूंगा-हर्गिज नहीं। उसके कारण आज मेरे सर एक निर्दोष का खून मढ़ गया है।'' इंस्पेक्टर जोशी उसी प्रकार दांत पीसता हुआ कमरे के बाहर निकल गया।

उसी दिन इंस्पेक्टर जोशी ने सेठ गोविन्द प्रसाद की हत्या की पुरानी फाइल निकाली और फिर विस्तार में एक रिपोर्ट तैयार की। रिपोर्ट में उसके दिल की भड़ास झलकती थी। परन्तु उसे इसकी चिन्ता जरा भी नहीं थी। उस व्यक्ति को वह कड़ी से कड़ी सजा दिलाने के लिए अधीर था जिसके कारण उसने इतनी बड़ी भूल की थी-जीवन की सबसे बड़ी भूल, जिसका अब कोई

सुधार नहीं था। उसकी भूल के कारण एक नारी का जीवन नर्क बन गया था। पूरी रिपोर्ट तैयार करने के बाद उसने अपने अधिकारी को भेज दी ताकि शीघ्र से शीघ्र कानूनी कार्यवाही की जा सके।

मेरठ!

शाम के लगभग साढ़े सात बजे थे। शहर की एक अच्छी-भली सड़क पर काफी चहल-पहल थी क्योंकि दुकानें खुली हुई थीं। लोगों का आना-जाना लगा हुआ था। इसी सड़क पर धीरे-धीरे चलते हुए एक नवयुवक इधर-उधर यूं देख रहा था मानो उसे किसी की तलाश है। नवयुवक गोरा था-कद का लम्बा। सफेद कमीज तथा सफेद चुस्त पैंट में उसकी सुन्दरता कुछ असाधारण तौर पर खिल उठी थी। चाल में अकड़ के साथ एक हारे हुए जुआरी समान थकावट भी सम्मिलित थी। मुखड़े पर रुआब के साथ एक गम्भीरता भी थी। आंखों में पश्चात्ताप का अंधकार-होंठों पर एक अपराधी समान खामोशी। वह अपराधी ही तो था, एक निर्दोष का हत्यारा-इंस्पेक्टर जोशी-जो इस समय अपने अपराध का दण्ड सुनने के लिए सुधा का घर तलाश का रहा था-सुधा का घर उसके लिए एक अदालत से कम नहीं था।

सुधा से मिलने के लिए सबसे पहले वह लखनऊ में उसके ससुराल गया था। परन्तु वहां यह पता चला कि उनके लिये सुधा मर चुकी है तो उसका दिल टूट गया। उसकी एक भूल के कारण सुधा पर कितना अधिक जुल्म हो रहा था। सुधा के ससुराल वालों को पूरा विश्वास था कि उनके बेटे ने सुधा की सुन्दरता पर दीवाना बनकर अवश्य चोरी की होगी ताकि अपनी पत्नी को अच्छे से अच्छे गहनों से बना-संवार कर रख सके और जब उसकी चोरी पकड़ में आ गई तो वह सेठ गोविन्द प्रसाद की हत्या कर देने पर विवश हो गया होगा।

इंस्पेक्टर जोशी ने उन्हें उनके बेटे की वास्तविकता बता देना आवश्यक समझा था परन्तु फिर कुछ सोचकर चुप हो गया था। वह सबसे पहले यह बात सुधा को बताना चाहता था क्योंकि सबसे बड़ा अपराधी वह उसी का था। बाद में तो यह वास्तविकता अपने-आप ही सबको मालूम हो जायेगी। और इसलिए वह उनसे सुधा का पता लेकर मेरठ चला आया था। कहीं अब वह भी न विश्वास कर बैठी हो कि उसका पति वास्तव में हत्यारा था-हत्यारा-जिससे सभी घृणा करते हैं। इस वास्तविकता पर से परदा हटाकर वह अपने आपको एक अपराधी समान अदालत के सुपुर्द कर देना चाहता था। उसने भूल की है-और उसे इसकी सजा मिलनी ही चाहिए-हर अवस्था में अनजानेपन में गलती हो जाने का यह अर्थ नहीं कि क्षमा कर दिया जाये-कानून यही कहता है और वह एक कानून का आदमी था। कानून का रखवाला-ईमानदार रखवाला।

चलते-चलते सड़क के नुक्कड़ पर पहुंचकर वह रुक गया। उसने इधर-उधर देखा। कुछेक दुकानें बन्द हो रही थीं। उसकी बाईं ओर केवल दो दुकानें थीं। अपनी पाकेट से एक कागज निकालकर उसने पढ़ा और फिर पहले दुकानदार की ओर बढ़ गया।

''क्यों भाई।'' उसने दुकानदार से पूछा, ''यह...बाबा भगतराम जी का मकान कहां है?''

''वही भगत राम जिनके दामाद को एक हत्या के अपराध में मृत्यु-दण्ड मिला था?'' दुकानदार ने अपने हाथ में नोट गिनते हुए लापरवाही से पूछा।

इंस्पेक्टर जोशी बल खाकर रह गया। मन हुआ, दुकानदार के थोबड़े पर एक मुक्का रसीद करे परन्तु फिर अपना होंठ दांतों तले दबाकर सब्र कर लिया। इस इल्जाम का जिम्मेदार भी तो वह खुद ही था। उसने एक पल रुककर गहरी सांस ली और केवल इतना ही कहा, ''हां!''

दुकानदार ने अपने नोट 'कैश बाक्स' में रखे और फिर दाहिनी ओर समीप ही इशारा करते हुए बोला, ''यह जो गली है ना, इसी दुकान के बाद, इसमें दाहिनी ओर पहला दरवाजा उन्हीं का है।''

''धन्यवाद।'' इंस्पेक्टर जोशी ने कहा और फिर आगे बढ़ गया।

गली में अंधकार था। जो कुछ प्रकाश झलक रहा था वह सड़क के उस पार की दुकान से आ रहा था। इसलिए उसने देखा, गली में काफी कीचड़ है। पानी भी कहीं-कहीं चमक रहा था। शायद इसीलिए इस ओर से किसी का आना-जाना भी नहीं के बराबर था। धुंधले प्रकाश का सहारा लेकर उसने कीचड़ और पानी से बचते हुए कुछेक छलांगें लगाईं तो पल भर में ही उसके सामने दाहिनी ओर एक छोटा-सा लोहे का गेट आ गया। गेट से सटकर अन्दर दो सीढ़ियों के बाद एक छोटा-सा बरामदा था जिसके दोनों ओर दो गोल कमरे थे।

बरामदे के बाद एक दरवाजा था जिसमें दरारें इतनी चौड़ी थीं कि अन्दर का प्रकाश छलककर बाहर आ रहा था। इस प्रकाश का सहारा लेकर उसने लोहे का गेट खोला-एक 'चियूं' के स्वर के साथ गेट ने अपने पुराने जमाने की याद दिला दी। वह बरामदे में आया। दरवाजे के समीप पहुंचा। दरवाजा पुराने ढंग का था-मोटे तख्तों वाला-फ्रेम के चारों ओर मोटी-मोटी कीलें थीं। एक पल को वह रुक गया। उसका दिल अचानक ही धड़क उठा था। मन हुआ वह वापस लौट जाये। केस को दबाकर वास्तविकता भेद में ही रहने दे। परन्तु उसकी अन्तरात्मा? इसका गला वह किस प्रकार घोंट सकता है? उसके समीप एक वास्तविकता पर से परदा न उठाना भी तो अपराध था! उसने सिकड़ी पकड़ी-मोटी ओर भारी सिकड़ी-और फिर दरवाजा खटखटा दिया-भट-भट-भट-भट।

बन्द दरवाजे के उस पार कदमों की हल्की चाप हुई। दरवाजे की दरारों में एक छाया उभरी। फिर पल भर की खामोशी के बाद दरवाजा खुल गया। कमरे का सिसकता प्रकाश बरामदे की सीढ़ियों तक चला गया। उसने देखा, उसके सामने सुधा खड़ी है। सुधा की लटें बिखरी हुई थीं-सिन्दूर गायब। उसके गाल धंस गए थे-रंग फीका। पहली बार उसने सुधा को एक नई-नवेली दुल्हन के रूप में देखा था और इस समय सुधा उसके सामने एक जीती-जागती लाश के समान खड़ी हुई थी। फिर वह सुधा को एक ही दृष्टि में पहचान गया।

सुधा का चश्मा उसके हाथों में था जिसे अपने आंचल से पोंछने के बाद वह अपनी आंखों पर रख रही थी। शायद बिना चश्मे के उसे पहचान नहीं सकी थी। इससे पहले जब भी देखा था, सदा इंस्पेक्टर की वर्दी में ही देखा था। कपड़ों से मानव के शारीरिक व्यक्तित्व पर बहुत अन्तर पड़ता है। सुधा ने जैसे ही चश्मा अपनी आंखों पर लगाकर उसे देखा तो ऊपर से नीचे तक कांप गई। घबराते हुए वह तुरन्त इस प्रकार पीछे हट गई मानो उसके द्वारा पर यमदूत आकर खड़ा हो गया है।

''तुम?'' उसने इंस्पेक्टर जोशी को नफरत भरी दृष्टि से देखा और क्रोध में चीख पड़ी, ''अब तुम यहां क्या लेने आए हो?''

इंस्पेक्टर जोशी को सुधा के व्यवहार पर आश्चर्य नहीं हुआ। वह तो हर अवस्था में इस घृणा का पात्र था। बल्कि सुधा की अवस्था देखकर उसके दिल को ठेस लगी।

सहसा कमरे में अन्दर से उसके नन्हे-मुन्ने राजा ने प्रवेश किया-पईयां-पईयां चलकर। इंस्पेक्टर जोशी एक ही झलक में समझ गया कि वह बच्चा सुधा का है। बच्चे का रंग-रूप मां समान था। बिना बाप का बच्चा। इंस्पेक्टर जोशी के दिल में उसके प्रति ममता छलक आई। सुधा ने इंस्पेक्टर जोशी की दृष्टि अपने बच्चे पर देखी तो झट उसे उठाकर अपनी छाती से लगा लिया। ऐसा न हो कि यह यमदूत उसके सुहाग की इस एकमात्र निशानी को भी छीन ले। इंस्पेक्टर जोशी ने सुधा की दृष्टि में अपने प्रति इतना तिरस्कार, इतनी घृणा देखी तो उसका दिल फटने लगा।

तभी कमरे में सुधा की मां चली आईं। पीछे-पीछे उसके बाबा भी थे। सुधा की बात उनके कानों तक पहुंच गई थी। उसकी मां इंस्पेक्टर जोशी को पहचान गईं। मुकद्दमे के मध्य वह उस समय अदालत में उपस्थित थीं जब इंस्पेक्टर जोशी ने उसके दामाद के विरुद्ध अपना बयान दिया था। घबराते हुए उन्होंने बच्चे को सुधा से छीनकर अपनी सुरक्षा में ले लिया और अन्दर के दरवाजे पर जा खड़ी हुईं, इस प्रकार मानो इंस्पेक्टर झपटकर यह बच्चा न छीन ले।

बाबा ने उसे देखा तो आंखों को विश्वास दिलाने के लिए चश्मा उतारकर अपने शाल के कोने से पोंछने लगे। सबके मन में अपने प्रति घृणा की इतनी अधिकता देखकर इंस्पेक्टर जोशी को अपने आप से घृणा होने लगी। उसका मन हुआ, इस मकान की छत उसके ऊपर गिर पड़े, उसका दम निकल जाए ताकि वह घृणा की इस अधिकता को न देख सके। घृणा से गन्दी वस्तु कोई नहीं होती। घृणा ही संसार की सारी बुराइयों की जड़ है। घृणा के इतने बड़े बोझ तले दबकर उसके दिल की आवाज घुट गई तो उसने थूक घोंटकर गला साफ किया। फिर अपनी बात जबान पर लाने के लिए वह साहस बटोरने लगा।

बाबा चश्मा साफ करके आंखों पर लगा चुके थे। इंस्पेक्टर जोशी को उन्होंने दो पग आगे बढ़कर देखा। पहचाना तो उनके मस्तक पर बल पड़ गये। उन्होंने दर्द तथा घृणा के मिले-जुले स्वर में पूछा, ''अब यहां क्या लेने आए हो इंस्पेक्टर साहब?''

इंस्पेक्टर जोशी के गले में एक बार फिर थूक आ गया तो उसे घोंटना पड़ा। फिर दांतों तले अपना निचला होंठ काटते हुए उसने सुधा को देखा। सुधा की आंखों से नफरत की चिंगारियां बरस रही थीं। इससे पहले कि यह चिंगारियां उसे जलाकर राख करें, उसने अपनी दृष्टि बाबा भगतराम पर फेर दी। फिर साहस एकत्र करने के बाद रुक-रुककर बोला, ''मैं...मैं यह बताने आया हूँ कि...कि सेठ गोविन्द प्रसाद की हत्या आपके दामाद ने...नहीं की थी। उनका असली हत्यारा अब पकड़ा गया है।''

''क्या?'' बाबा को अपने कानों पर विश्वास ही नहीं हुआ। दरवाजे पर सुधा की मां खड़ी थीं। वह भी अवाक् रह गईं। इंस्पेक्टर की बात पर विश्वास करने का प्रश्न ही नहीं उठता था, विशेष कर ऐसी अवस्था में जबकि वह खुद उनके दामाद की मृत्यु का जिम्मेदार था।

परन्तु सुधा बिलकुल भी नहीं चौंकी। उसे पहले ही विश्वास था कि उसका पति निर्दोष था। इस क्रूर तथा निर्दयी इंस्पेक्टर के कारण ही उसे गलत दण्ड मिला था। इंस्पेक्टर जोशी की बात सुनकर उसका क्रोध अपनी चरम सीमा पर पहुंच गया। यह इंस्पेक्टर अब ऐसी बात कहकर मानो उसके पति का अट्टहास उड़ा रहा था। वह अपने ऊपर काबू नहीं कर सकी। मस्तिष्क का सन्तुलन खो गया तो वह चीख पड़ी, ''कमीने...नीच...पापी।'' अचानक ही वह घायल नागिन के समान बिफर उठी और झपटकर पैरों के पंजों पर उचकते हुए उसने इंस्पेक्टर जोशी के बालों को पकड़ लिया-बहुत सख्ती के साथ।

इंस्पेक्टर जोशी उसी प्रकार खड़ा रहा- खामोश-अपने बचाव में उसने हाथ भी नहीं उठाया। वह सुधा का अपराधी था और सुधा को उसके साथ हर प्रकार का व्यवहार करने का पूरा

अधिकार था। सुधा ने आंखें निकालते हुए तथा दांत पीसते हुए अपनी अंगुलियों की पकड़ को सख्त किया और चाहा कि इंस्पेक्टर के बाल नोंच डाले परन्तु ऐसा करते समय वह खुद ऊपर से नीचे तक थरथरा गई। वह उसी प्रकार चीख रही थी, ''मैं कहती थी न कि वह निर्दोष हैं। उन्हें छोड़ दो। अब तेरा कलेजा ठण्डा हो गया? हत्यारे वह नहीं थे, तू है-तू।''

सुधा की हरकत देखकर बाबा तथा मां स्तब्ध रह गए। बल्कि एक पल को सहम भी गए। यह व्यक्ति एक पुलिस इंस्पेक्टर है। कहीं इस अपमान का बदला वह एक नया पाखण्ड बनाकर लेने पर विवश न हो जाए? परन्तु उन्होंने देखा, वह इंस्पेक्टर उसी प्रकार खड़ा है-चुपचाप-बिल्कुल सीधा, इस प्रकार मानो अपने आपको उसने सुधा के हवाले कर दिया हो। उन्हें सख्त आश्चर्य हुआ। सुधा के दिल का घाव बिल्कुल ताजा हो चुका था। नासूर कट चुका था। पीप बह रहा था। इंस्पेक्टर के बाल खींचते-खींचते वह थक गई। उसे चक्कर आने लगा। पैर लड़खड़ाए...और वह चकराकर गिर पड़ी।

परन्तु अपने होश की अन्तिम सांसों में भी वह उस व्यक्ति को किसी भी अवस्था में छोड़ने को तैयार नहीं थी जो उसके सुहाग की मृत्यु का जिम्मेदार था। गश खाकर वह उसकी छाती पर गिरने लगी तो उसकी अंगुलियां ढीली होने लगीं। उसने अपनी खोई हुई ताकत समेटी और फिर अपनी अंगुलियों को उकाब के समान पंजा बनाकर इंस्पेक्टर की कनपटी में धंसा दिया। उनके नाखून लम्बे नहीं थे-परन्तु तेज बहुत थे। इन नाखूनों से इंस्पेक्टर जोशी की कनपटी ही नहीं बल्कि कान तथा कान के नीचे की चमड़ी भी जगह-जगह से कट गई, इस प्रकार मानो किसी ने वहां पर गहराई से ब्लेड चला दिया हो। रक्त की धारियां बन गईं। परन्तु इंस्पेक्टर ने उफ़ भी नहीं किया। वह देख रहा था-एक अबला पर उस समय क्या बीतती है जब अकारण ही कोई उसका सुहाग लूट लेता है।

सुधा अचेत होकर फर्श पर गिरने लगी तो वह उसे संभालने का साहस भी नहीं कर सका।

सुधा फर्श पर गिर चुकी थी-अचेत-उसके पगों के बिलकुल समीप। तब भी उसने कुछ नहीं कहा-केवल उसे देखता रहा। सुधा की दोनों हथेलियां रक्त से तर थीं। रक्त सूखकर धीरे-धीरे जमता जा रहा था। उसने देखा, सुधा की आंखों पर से चश्मा छिटककर गिर पड़ा है। दोनों शीशे टूटकर टुकड़ों में एक तस्वीर थी-उसके पति की तस्वीर-जिसकी मृत्यु का वह जिम्मेदार था-इंस्पेक्टर जोशी। ऐसा लगता था मानो शीशे के हर टुकड़ों में झलकती तस्वीर ठहाके लगा रही हो-उसका मजाक बना रही हो-उससे कह रही हो, 'देखा इंस्पेक्टर, एक स्त्री का सुहाग उजाड़ने पर क्या परिणाम होता है? तुम जलोगे-सारी जिन्दगी अपनी भूल की आग में जलोगे-तुम बड़े से

बड़ा पश्चाताप करोगे तब भी संसार की एक पतिव्रता स्त्री कभी क्षमा नहीं करेगी। हा-हा-हा-हा-हा...हा-हा-हा-हा...हा-हा- हा-हा-हा।

सुधा के पति का ठहाका उसके कानों में गूंजने लगा तो उसने शीशे के टुकड़ों पर से दृष्टि हटा ली। उसने बाबा भगत राम जी को देखा। बाबा सहमे-सहमे खड़े थे। उसने सुधा की मां को देखा। उन्होंने सहमकर बच्चे को अपनी छाती में और भी सख्ती के साथ समेट लिया। परन्तु बच्चा उसके मुखड़े पर लाल रक्त देखकर मुस्करा रहा था। अपने अनजानेपन में शायद यह बच्चा भी उसका मजाक बना रहा था। इंस्पेक्टर जोशी की आंखों में आंसू आ गए-पश्चात्ताप के आंसू-सच्चे मोतियों समान। इन आंसुओं के बहने से पहले उसने एक पल सुधा को देखा। फिर पलटकर तेजी के साथ बाहर निकल गया।

गली में अंधकार था। दुकानें बन्द थीं। सड़क की चहल-पहल समाप्त हुई दिखाई पड़ रही थी। फिर भी उसने कीचड़ से लथपथ होकर जलते हुए अपने चेहरे तथा गर्दन का रक्त पोंछ कर कम कर लिया। ऐसा न हो कि रक्त में डूबा चेहरा देखकर कोई गलत अनुमान लगा बैठे।

***

लखनऊ! सुबह का समय था।

इंस्पेक्टर जोशी अपने बंगले में सोफे पर धंसा हुआ खामोशी के साथ एक के बाद एक सिगरेट पीते हुए अपने भविष्य पर गौर कर रहा था-उसका भविष्य, जिसे बरबाद करने के लिए वह पहले ही पग उठा चुका था। उसकी परेशानी उन अधजले-बुझे सिगरेट के टुकड़ों से साफ प्रकट थी जो बगल की छोटी मेज पर रखे ऐश-ट्रे के अन्दर तथा बाहर पड़े हुए थे। परन्तु उसके दिल को एक सन्तोष भी था। उसने जो भी पग उठाया था ठीक ही था। वह अन्तरात्मा को धोखा नहीं दे सकता था। यही कारण था कि उसने इस घटना में किसी से कोई राय भी नहीं ली थी। केवल दिल की बात मानी थी क्योंकि जब दिल को सन्तोष नहीं मिलता है तो मस्तिष्क का सन्तुलन डगमगा जाता है।

यही कारण था कि मेरठ के समीप दिल्ली होते हुए भी वह अपने दादा से मिलने नहीं गया। वह जानता था कि उसके विवाह की आशा में प्रसन्नता से विभोर होकर वह इस समय उसका स्वागत इस प्रकार करेंगे कि उसे अपनी वास्तविकता प्रकट करना असंभव हो जायेगा। यदि वह उन पर अपने आने का भेद खोल देगा तो उनका दिल टूट जाएगा। शायद हृदय की गति भी बंद

हो जाए। यदि ऐसा नहीं हुआ तो वह अपने पोते को जीते जी बरबादी की आग में हर्गिज नहीं कूदने देंगे। यही सब सोच-समझकर उसने अपने दादा से मिलना उचित नहीं समझा था।

बैठे-बैठे उसे काफी देर हो गई-लगभग ग्यारह बज गए। परन्तु उसे अब समय की चिन्ता जरा भी नहीं थी। उसे प्रतीक्षा थी, अपनी 'रिपोर्ट' के अनुसार विभाग से 'सस्पेन्सन आर्डर' की। उसने भूल की है-एक बहुत बड़ी भूल-और इसलिए उसे अवश्य सजा दी जाएगी। यह न्याय की मांग थी। उसकी कनपटी तथा गर्दन की चमड़ी में जलन थी। कटे हुए निशान आड़ी-तिरछी लकीरों में उभरते हुए सूजकर लाल हो गये थे। रह-रहकर जब वह इन पर निर्ममता से अंगुलियां फेरता तो उसकी आंखों के सामने सुधा का मुखड़ा आकर खड़ा हो जाता। उसकी आंखों के बड़े-बड़े आंसू-उसकी सिसकियां-हिचकियां-तड़प और छाती पर भी रक्त के धब्बे थे। कुछ छींटें पैंट पर। वह अमिट तथा असीमित घृणा। शायद उसकी सजा के बाद सुधा के दिल को थोड़ा-बहुत सन्तोष मिल जाएगा। उसके दुख का बोझ कम हो जाएगा। शायद उसके दिल की घृणा भी कम हो जाए...शायद उसे अपने अन्तिम विचार पर संदेह था। एक नारी उस व्यक्ति को कभी क्षमा नहीं कर सकती, जो उसके सुहाग की मृत्यु का जिम्मेदार हो। जाने क्यों उसके मन में सुधा के लिए इतनी सहानुभूति समा गई थी कि उसके दिल की शान्ति के लिए वह अपनी जान भी देने को अन्दर ही अन्दर तड़प रहा था।

कहीं सुधा की मजबूर अवस्था देखकर उसे प्यार तो नहीं हो गया है? नहीं-नहीं-ऐसा कैसे हो सकता है? प्यार तो वह किरण से करता है-करता नहीं है, तो विवाह के बाद करने लगेगा। परन्तु क्या उसको सजा हो जाने के बाद किरण उससे इसी प्रकार प्यार करती रहेगी? उसकी दीवानगी में अन्तर तो नहीं आयेगा? नहीं-बिल्कुल नहीं। वह तो अपने जीवन की अन्तिम सांसों तक उसे प्यार करते रहने का दावा करती है। वह किरण को समझा देगा कि अदालत की दी हुई सजा से उसकी एक बहुत बड़ी भूल का प्रायश्चित हो जायेगा। यदि उसने अपनी भूल का प्रायश्चित नहीं किया तो एक निर्दोष की मृत्यु उसके दिल पर जीवन भर के लिए पाप का बोझ बन जायेगी। उसकी रातों की नींद हराम हो जाएगी, जीना कठिन हो जाएगा। एक अबला की आह कभी बेकार नहीं जाती।

सहसा उसके बंगले के पोर्टिको में कुछ आहट हुई। उसने वहीं से बैठे-बैठे गर्दन उचकाकर देखा-एक कांस्टेबल अपनी साइकिल को स्टैंड पर खड़ा कर रहा था। वह अपनी जगह से नहीं उठा परन्तु उसके चेहरे से साफ प्रकट था कि वह कांस्टेबल की ही प्रतीक्षा कर रहा था। उसे अपनी रिपोर्ट के अनुसार 'सस्पेन्शन आर्डर' मिलने की आशा थी। उसकी भूल पर मुकदमा

चलाने के लिए विभाग को नौकरी से 'सस्पेण्ड' करना आवश्यक था परन्तु जब उसने 'कांस्टेबल' के हाथ में कोई 'फाइल' या लिफाफा नहीं देखा तो आश्चर्य हुआ।

'कांस्टेबल' ने दरवाजे पर आकर अन्दर आने की आज्ञा ली। उसके समीप आकर खड़ा हो गया और सलाम किया। फिर बोला, ''डी.आई.जी. साहब ने आपको तुरन्त याद किया है।''

''क्यों?'' अपने मस्तक पर बल डालकर उसने उसी प्रकार बैठे-बैठे पूछा।

''मुझे नहीं मालूम सर!'' कांस्टेबिल ने लाचारी प्रकट की।

इंस्पेक्टर जोशी ने पल भर सोचने के बाद एक गहरी सांस ली और फिर बोला, ''ठीक है- तुम चलो, मैं आता हूं।''

कांस्टेबिल सलाम करके चला गया तो इंस्पेक्टर जोशी कुछ देर तक उसी प्रकार बैठा सिगरेट फूंकता रहा और सोचता रहा कि आखिर अब डी.आई.जी. साहब ने उसे क्यों बुलाया है? क्यों नहीं अब तक उसका सस्पेंशन आर्डर जारी किया। परन्तु फिर वह एक अनुमान लगाकर हल्के से मुस्करा दिया। उसका इरादा अटल था। डी.आई.जी. साहब तो क्या संसार की कोई ताकत भी उसको अपने पाप का प्रायश्चित करने से नहीं रोक सकती। उसने वर्दी नहीं पहनी। बंगला नौकर के सुपुर्द किया और साधारण शहरी वेश-भूषा में वह उनके बंगले की ओर निकल गया।

डी.आई.जी. साहब के बंगले के मुख्य द्वार में प्रवेश करते हुए उसने इधर-उधर देखा-शायद किरण कहीं दिखाई दे जाए। परन्तु वह कहीं नहीं थी। उसकी मम्मी भी नजर नहीं आई। शायद अन्दर किसी कमरे में हों। डी.आई.जी. साहब का दफ्तर उनके बंगले के कोने वाले कमरे में था। वहां कुछेक कांस्टेबिल इधर-उधर खड़े थे। एक कांस्टेबिल द्वारा उसने डी.आई.जी. साहब को अपने आने की सूचना भेजी। डी.आई.जी. साहब ने उसे तुरन्त बुला लिया। वह अन्दर पहुंचा। डी.आई.जी. साहब को सलामी देने के बजाए नमस्ते किया तो वह अपनी कुर्सी पर बैठे-बैठे कुछ रुष्ट से हो गये। रुष्ट होने का एक कारण यह भी था कि इस समय वह बिना वर्दी के उनके दफ्तर में उपस्थित हुआ था। धड़कते दिल के साथ वह उनकी मेज के समीप जाकर खड़ा हो गया। परन्तु जब उनकी दृष्टि से अपनी दृष्टि मिलाने का साहस नहीं कर सका तो वह इधर-उधर देखते हुए उनकी आज्ञा की प्रतीक्षा करने लगा। बंगले के अन्दर जाने के लिए इस कमरे में दो दरवाजे और थे। दोनों दरवाजों पर ही परदे टंगे हुए थे। परन्तु एक परदे की लहर साफ बता रही थी कि कोई इसके पीछे छिपा खड़ा है। वह समझ गया यह कौन हो सकता है? किरण तथा उसकी मम्मी!

डी.आई.जी. साहब ने अपनी कुर्सी पर पीछे आराम के साथ पीठ टेक ली थी। उनके हाथों में सिगार सुलग रहा था। उन्होंने इंस्पेक्टर जोशी के चेहरे पर अनेक खराशें देखीं तो गौर किए बिना नहीं रह सके। ऐसा लगता था मानो किसी बिल्ली ने उसे अपने पंजों द्वारा नकोट लिया हो। परन्तु जब वह कोई उचित अनुमान नहीं लगा सके तो उन्होंने पूछा, ''यह खराशें कैसे लगीं?''

''यह सुधा के नाखूनों के निशान हैं।'' अपने आप पर काबू करते हुए उसने कहा।

''बेवकूफ।'' डी.आई.जी. साहब सुधा का नाम सुनते ही भड़क उठे। सिगार को सख्ती से मुट्ठी में बांधकर खड़े होते हुए उन्होंने कहा, ''क्या तुम पिछले दिनों इसीलिए गायब थे कि तुम्हें सुधा से मिलना था? यदि यह फाइल मेरे पास तुरन्त आ जाती तो मैं तुम्हें वहां हर्गिज नहीं जाने देता।'' उन्होंने सामने मेज पर रखी एक फाइल की ओर इशारा किया और दो पग कुर्सी से बाहर हटते हुए बात जारी रखी। बोले, ''मैंने कई बार तुम्हारे पास कांस्टेबिल भेजा, परन्तु तुम एक बार भी नहीं मिले। मुझे नहीं मालूम था कि तुम इतने मूर्ख हो। अवश्य तुमने उसे बता दिया होगा कि उसका पति निर्दोष था मगर खैर।'' उन्होंने एक सांस ली, ''अब भी कुछ नहीं बिगड़ा है। मैं हर्गिज ऐसा नहीं होने दूंगा। मुझे इस मामले को दबाना ही पड़ेगा। इसी में तुम्हारी भलाई है...और इसी में मेरे खानदान की इज्जत है। भूल जाओ कि तुमने सुधा से मिलकर कभी इस सत्य को प्रकट भी किया है।''

इंस्पेक्टर जोशी ने बीच में कुछ कहना चाहा। परन्तु डी.आई.जी. साहब उसे बिना कोई अवसर दिए उसी प्रकार कहते रहे, ''अगर यह बात नहीं दबाई गई तो पुलिस विभाग की भी बहुत बदनामी होगी। जनता कहेगी कि पुलिस की लापरवाही के कारण अदालत ने एक निर्दोष को मृत्यु-दण्ड दे दिया।''

''सर।'' इंस्पेक्टर जोशी ने बहुत गम्भीर मुद्रा में कहा, ''अपनी इस भूल की सजा के लिए ही तो मैंने यह रिपोर्ट भेजी है। मुझे सजा मिलनी ही चाहिए- अवश्य-वरना सारा जीवन मेरी अन्तरात्मा मुझे धिक्का- रती रहेगी। मैं अपने-आपको कभी क्षमा नहीं कर सकूंगा।''

''बेटा।'' डी.आई.जी. साहब ने अचानक सब्र के साथ नम्रता बरती। उसके समीप आए। प्यार से उसके कन्धे पर हाथ रखा और बोले, ''पुलिस के आदमी को इतना भावुक नहीं होना चाहिए। मैं तुम्हें अवश्य इस भूल की सजा उठाने की आज्ञा दे देता परन्तु जरा सोचो, क्या तुम्हें सजा हो जाने के बाद सुधा का पति जीवित होकर उसे वापस मिल जायेगा? जिस हत्यारे ने सेठ गोविन्द प्रसाद की हत्या की है वह पेशेवर हत्यारा है। उसे तो हर अवस्था में ही मृत्यु दण्ड मिलेगा।''

''सर।'' इंस्पेक्टर जोशी ने उसी गंभीरता से कहा, ''इससे मेरी अन्तरात्मा को ही नहीं बल्कि उस दुखिया के दिल को भी सन्तोष मिल जायेगा जिसके पति की मृत्यु का मैं जिम्मेदार हूं-केवल मैं...।''

डी.आई.जी. साहब ने इंस्पेक्टर को समझाना चाहा। उनके होंठ खुले भी परन्तु जब शब्द नहीं मिल सके तो अपने होंठों को भींचते हुए उन्होंने अपना हाथ झटककर उसके कन्धे पर से हटा लिया। सख्ती से मुट्ठी बांधकर सिगार का कश लेते हुए कुछ खिसियाये-से कमरे में इधर-उधर टहलने लगे, इस प्रकार मानो इंस्पेक्टर जोशी को समझाने का हल ढूंढ़ रहे हों। परन्तु अन्त में वह समझ गए कि इंस्पेक्टर जोशी का धर्म उसके पिता का धर्म है-सत्य-और यह सत्य है कि इंस्पेक्टर जोशी ने भूल की है और उसे इसकी सजा अवश्य मिलनी चाहिए। इंस्पेक्टर जोशी की जिद्द के आगे वह हार गये तो जाकर अपनी कुर्सी पर बैठ गए-पीठ पीछे टेक ली और इंस्पेक्टर को गौर से देखा। फिर सख्ती के साथ बोले, ''तुम जा सकते हो।''

इंस्पेक्टर जोशी ने उन्हें नमस्ते किया और उत्तर की प्रतीक्षा किये बिना कमरे से बाहर निकल गया। लॉन में पहुंचकर मुख्य द्वार के लिए उसने अभी कुछेक पग बढ़ाए ही थे कि तभी किरण उसके सामने आ गई। इंस्पेक्टर जोशी के पग स्थिर हो गए।

''आनन्द।'' किरण ने उसके समीप रहकर भी इस प्रकार कहा मानो बहुत दूर से पुकार रही हो। उसके स्वर में दर्द था। आंखों में निराशा आंसुओं का रूप लिए झिलमिला रही थी। निश्चय ही उसने परदे की आड़ में खड़े होकर उसकी बातें सुन ली थीं। उसने कहना चाहा, ''आनन्द...'' परन्तु फिर इसके आगे उसके होंठ थरथराने लगे तो वह चुप हो गई।

इंस्पेक्टर जोशी के दिल को धक्का लगा। परन्तु वह अपने कर्तव्य से पीछे हटने वाला नहीं था। किरण पर उसे दया आई। किरण को उस पर कितना विश्वास था-और वह उसका संसार बसाने से पहले ही बरबाद करके चला जा रहा है। वह किरण का हाथ पकड़ते-पकड़ते रह गया। उसकी आंखों में झांककर भीगे स्वर में बोला, ''किरण, यदि मुझसे जरा भी प्यार हो तो उस दिन की प्रतीक्षा अवश्य करना जब मैं अपनी भूल की सजा समाप्त करके वापस लौटूं। फिर मैं तुम्हें यहां से लेकर दिल्ली चला जाऊंगा। वहां हमारा एक छोटा-सा घर होगा-बहुत सुन्दर घर। तुम देख लेना किरण, मेरी सजा की पूर्ति के बाद हमारे घर पर उस विधवा की आह कभी बिजली बनकर नहीं गिर सकेगी। तब मुझे अपने पाप से मुक्ति भी मिल चुकी होगी। हम खुश रहेंगे-सदा-सदा के लिए।''

किरण के आंसू बहकर गालों पर चले आए। परन्तु सत्य के पुजारी पर इसका कोई प्रभाव नहीं पड़ा। शायद वह उसके दिल का दोष था। यदि उसे किरण से प्यार होता तो वह उसकी

प्रसन्नता, उसके सुख के लिए अपने ध्येय से हट जाता। प्यार के पीछे जो भी बलि दी जाए कम है। बल्कि इस समय किरण के आंसू देखकर उसे सुधा के आंसू याद आ गए-मोटी-मोटी बूंदों वाले आंसू। उन्हें याद करके उसके दिल पर छाले पड़ने लगे तो उसने किरण की आंखों की गहराई में झांककर फिर पूछा, ''मेरी प्रतीक्षा करोगी ना?''

किरण के होंठों पर एक सिसकी उभर आई तो वह अपने आपको संभाल नहीं सकी। उसने अपना चेहरा हथेलियों में छिपा लिया और पलटकर रोती हुई बंगले के अन्दर भाग गई। जिस व्यक्ति से उसने प्यार किया, वह कितना निर्दयी है-कठोर। शायद उसके पास दिल नहीं है वरना उसे तो उसके एक इशारे पर अपनी जान भी दे देनी चाहिए थी।

इंस्पेक्टर जोशी किरण की इस बात से कोई अनुमान नहीं लगा सका। परन्तु उसने मन ही मन एक इरादा अवश्य कर लिया था। यदि किरण ने उसकी प्रतीक्षा की तो वह अपने आपको तुरन्त उसके हवाले कर देगा। सजा के बाद उसे प्यार की आवश्यकता पड़ेगी-सख्त आवश्यकता। यह आवश्यकता निश्चय ही उसके मन में किरण के लिए ऐसा प्यार उत्पन्न कर देगी जैसा वह स्वयं भी चाहता है।

***

कचहरी! मुकदमा! मुकद्दमे के मध्य इंस्पेक्टर जोशी को नौकरी से 'सस्पैन्ड' कर दिया गया था। जब भी तारीख पड़ी, वह बराबर एक अपराधी के समान अदालत में आता रहा। परन्तु अदालत में सुधा को उसने एक बार भी नहीं देखा। अदालत ने सुधा को इस मुकदमे की सूचना भेज दी थी। परन्तु मुकदमे पर प्रकाश डालने से उसका स्वर्गवासी पति कभी लौट कर नहीं आता, वरन् इस मुकदमे से उसके घाव फिर हरे हो सकते थे। या फिर वह अपने पति की मृत्यु के जिम्मेदार व्यक्ति की सूरत नहीं देखना चाहती थी। शायद इन्हीं कारणों से वह एक बार भी अदालत नहीं आई। फिर भी इंस्पेक्टर जोशी इतना अवश्य जानता था कि वह उसके फांसी चढ़ जाने की कामना दिन-रात कर रही होगी।

मुकदमे के मध्य किरण उससे एक बार भी नहीं मिली। उसको पता चला था कि उसके घरवालों ने उसे शहर से बाहर भेज दिया है। उसने यह भी सुना कि डी.आई.जी. साहब ने अपना सम्मान बचाने तथा रुआब जताने के लिए यह अफवाह भी उड़ा दी है कि उन्होंने खुद ही इंस्पेक्टर जोशी से अपनी बेटी का संबंध तोड़ा है। वह ऐसे व्यक्ति को कभी क्षमा नहीं कर सकते जो कानून की दृष्टि में अपराधी है-जिसने अपनी गलती के कारण एक लड़की का सुहाग लूट लिया है। परन्तु पुलिस विभाग के सभी कर्मचारी इस वास्तविकता से भली-भांति परिचित थे

कि यदि इंस्पेक्टर जोशी चाहता तो यह मामला बहुत आसानी से दब सकता था। इंस्पेक्टर जोशी ने यह बात सुनी तो मन ही मन मुस्कराकर रह गया।

इंस्पेक्टर जोशी पर अपराध सिद्ध हुआ-बहुत आसानी के साथ। सिद्ध न होने का प्रश्न ही नहीं उठता था जिस हाल कि वह स्वयं अपना अपराध स्वीकार कर रहा था और अदालत ने उसे तीन वर्ष की सजा दी क्योंकि अपने कर्तव्य में लापरवाही बरतने के कारण वह एक निर्दोष के मृत्यु दण्ड का पूरा-पूरा जिम्मेदार था। साथ ही अदालत ने पुलिस-विभाग को निर्देश दिया कि उसके 'प्राविडेण्ट फण्ड' से एक हजार जुर्माना विधवा सुधा को भेजा जाए। यह साधारण राशि अपराधी के उस वेतनानुसार थी जिसे वह एक पुलिस इंस्पेक्टर के पद पर काम करते हुए प्राप्त कर रहा था। 'प्राविडेण्ट फण्ड' की शेष राशि को बैंक में उसके खाते में जमा कर देने की भी आज्ञा दी गई ताकि सजा पूरी होने के बाद उसे अपना पैसा प्राप्त करने में किसी प्रकार की कठिनाई का सामना न करना पड़े। अदालत ने न्याय की एक प्रतिलिपि सुधा को भेजी जिसमें इंस्पेक्टर जोशी को दोषी ठहराकर अपने पिछले न्याय पर खेद प्रकट किया गया था।

अदालत का न्याय सुनकर अपराधी के चेहरे पर कोई भी रंग नहीं आया। उसे अपनी सजा की प्रतीक्षा थी, बल्कि न्याय सुनकर उसकी अन्तरात्मा ने एक नई शान्ति का आभास किया। सुधा की जिस घृणा की आग में वह जल रहा था, वह कम हो गई। यद्यपि इस सजा के साथ उसकी सरकारी नौकरी भी छूट गई थी, परन्तु उसे इसका अफसोस नहीं हुआ। वह अब इंस्पेक्टर जोशी नहीं था-केवल जोशी था-आनन्द जोशी।

जिस समय सिपाही उसके हाथों में हथकड़ियां पहनाकर उसे अदालत से बाहर ले जा रहे थे तो उसने अपनी आंखें चारों आर दौड़ाई। उसे मानो किसी की प्रतीक्षा थी। किरण इस समय जहां-कहीं भी होगी, कम से कम आज के दिन तो अवश्य ही वह उससे मिलना चाहेगी। अपने घरवालों की दृष्टि से छिपकर।

परन्तु उसे सख्त निराशा मिली। इस निराशा से उसका दिल नहीं टूटा, केवल एक धक्का-सा लगा- धक्का, जो उस समय लगता है जब कोई बात आशा के विरुद्ध उत्पन्न होती है। दिल तब टूटता है जब प्यार धोखा दे जाए और प्यार उसने अब तक किसी से नहीं किया था-बल्कि प्यार किसी से हुआ ही नहीं था-प्यार जो अपने आप हो जाता है। यही कारण था कि उसके दिल को केवल एक धक्का-सा लगा।

''छोटे मालिक!''

अचानक एक परिचित स्वर सुनकर उसके पग वहीं रुक गए, उसके साथ दोनों सिपाही भी रुक गए। आनन्द जोशी की सच्चाई पर दोनों के दिल में पूरी श्रद्धा थी। आनन्द जोशी ने पलटकर देखा। जनता की चलती-फिरती भीड़ में हरिया खड़ा हुआ था-उसका नौकर। हरिया की आंखों में आंसू थे। आज सुबह अदालत आने से पहले उसने हरिया से बहुत सारी बातें की थीं। उसे समझा दिया था कि उसे सजा हो जाए तो वह सारा सामान लेकर दिल्ली चला जाए-उसके दादा के पास। उनके आगे सारी स्थिति रखकर उन्हें समझाने का प्रयत्न करे। उन्हें तसल्ली दे।

हरिया का बापू अब भी उसके दादा की सेवा कर रहा था। वह चला जायेगा तो सारी परिस्थितियों पर विचार करके उन्हें धैर्य रखने में आसानी हो जायेगी। अदालत में इस प्रकार हरिया को देखकर उसे दया आई। भर्राई आवाज में वह धीरे-से बोला, ''दादाजी का पूरा ध्यान रखना। कह देना कि सजा पूरी होने के बाद मैं तुरन्त उनकी इच्छा पूरी कर दूंगा। किरण उनकी बहू नहीं बन सकी तो किसी और को ही बना दूंगा।'' किरण का नाम उसके दिल ने लिया था या होंठों ने, वह कोई अनुमान नहीं लगा सका। परन्तु उसके दादा की आंखों में किरण की तस्वीर थी इसलिए वह ऐसा कहने पर विवश था। उसने अपने होंठ चबाए और किरण का विचार झटककर आगे बढ़ गया, जहां एक 'पुलिस वैन' उसे जीवन के अंधकारमय भविष्य में ले जाने की प्रतीक्षा कर रही थी।

***

जिस जेल की काल-कोठरी के अन्दर उसने अनेक अपराधियों को भेजा था, उस जेल की काल-कोठरी में जब खुद उसने प्रवेश किया तो उसका दम घुटने लगा। कुछ ही दिनों में उसके शरीर का जोड़-जोड़ टूटने लगा तो उसे ऐसा लगा मानो शीघ्र ही पत्थरों की यह दीवारें उसका गला घोंट देंगी। परन्तु वह सख्तजान था-शरीर का मजबूत-ताकतवर। और जब उसने काल-कोठरी के वातावरण से समझौता कर लिया तो उसे महसूस हुआ कि उसके कंधों पर से पाप का एक बहुत बड़ा बोझ उतर गया है। उसे पूरा विश्वास था कि सुधा को अब कुछ सन्तोष मिल गया होगा। उसके पति का हत्यारा, इस समय काल-कोठरी में बन्द है। परन्तु इस बात के साथ उसे यह भी विश्वास था कि सुधा की नफरत उसके प्रति जरा भी कम नहीं हुई होगी।

इस संसार में कौन स्त्री ऐसी हो सकती है जो अपने पति के हत्यारे को क्षमा कर दे? हत्यारा? वह हत्यारा ही तो था-सुधा के पति का-सुधा की दृष्टि में। वह नहीं होता तो उसके पति को कोई भी मृत्यु- दण्ड नहीं दे सकता था। परन्तु उसे अब इसकी जरा भी चिन्ता नहीं थी। अदालत ने उसे उसकी भूल की पूरी-पूरी सजा दी है-और यही उनके दिल के सन्तोष के लिए बहुत था। सत्य

के पथ पर चलते हुए उसने अपना कर्तव्य पूरा-पूरा निभा दिया है। अब सजा पूरी होने के बाद वह दिल्ली चला जायेगा-किरण को लेकर-यदि वास्तव में वह तब तक उसकी प्रतीक्षा करेगी। किरण के वायदों का सहारा लेकर उसके दिल में उसके प्रति आशा की एक छोटी-सी किरण अब भी शेष थी। फिर दिल्ली जाकर वह छोटा-मोटा कोई व्यापार आरम्भ कर देगा। उसके पिता ने मरते समय उसके लिए अपने 'प्राविडेण्ड फंड' की एक अच्छी-भली राशि रख छोड़ी थी। उसका अपना 'प्राविडेण्ड फण्ड' भी उसे कुछ मिलेगा। फिर दिल्ली में उसका निजी बंगला भी तो है। जेल की सजा काटने के बाद कौन किसी को अच्छी-भली नौकरी देता है?

जेल की काल-कोठरी में बन्द उसे दूसरा सप्ताह बीतने को आया परन्तु उससे कोई भी मिलने नहीं आया-न किरण न उसके अपने मित्र ही-पुलिस विभाग में उसके साथ उठने-बैठने वाले कर्मचारी। डी.आई.जी. साहब से नाता तोड़ लेने के बाद शायद सभी मित्र उससे मिलने में अपना हित नहीं समझते थे। उसने भी गंभीरता के साथ सब्र धारण कर लिया। फिर कुछ ही दिनों बाद उसका तबादला दूसरे शहर की जेल में हो गया तो उसने अपने मित्रों से मिलने की रही-सही आशा भी छोड़ दी।

***

जब रात का अंधकार जेल की चहारदीवारी पर मौत का साय बनकर मंडराने लगता, जब आसपास की काल-कोठरियों के अपराधी सपनों में अपने निकटतम नातेदारों से मिलने की आशा में सो जाते तो उनमें सम्मिलित होकर वह भी एक पत्थर की बेंच पर लेट जाता। अपनी आंखें बंद कर लेता और किरण के वायदों पर विश्वास करके सोचता रहता-बहुत देर तक-परन्तु फिर भी उससे बिछड़ने का दर्द उसके दिल ने कभी नहीं महसूस किया। बल्कि कभी-कभी जब बहुत जोर देने के बाद वह अपने दिल में उसके प्रति प्यार की धड़कन उत्पन्न करने का प्रयत्न करता तो न चाहते हुए भी जाने क्यों और कैसे सुधा उसकी यादों के पट खोलकर सीधी मस्तिष्क में प्रविष्ट हो जाती। तब उसकी बड़ी-बड़ी आंखों से नफरत की चिंगारियां इस प्रकार निकलती दिखाई देतीं मानो काल-कोठरी के अन्दर ही वे उसे जलाकर राख कर देना चाहती हों।

उसकी लम्बी-लम्बी पलकों से आंसुओं की बहती धार इस प्रकार नजर आती मानो नफरत का लावा बढ़कर उसे अपनी लपेट में ले लेगा। सुधा की नफरत भरी चीख मानो आग की लपटों समान भभककर उसे भस्म कर देना चाहती थी। ऐसा लगता था मानो सुधा की याद से किरण की याद का कोई टकराव था। किरण को वह जब भी प्यार से याद करने का प्रयत्न करता, सुधा की नफरत उस पर छा जाती। नफरत- नफरत-नफरत। चारों ओर उसे केवल नफरत ही नफरत

दिखाई पड़ती और तब वह घबराकर उठ बैठता। वह महसूस करता कि सुधा की यह नफरत उसे जीवन भर इसी प्रकार जलाती रहेगी। सजा के बाद भी उसकी आह कभी पीछा नहीं छोड़ेगी। वह हत्यारा है-हत्यारा-और इस हत्या का प्रायश्चित तीन वर्ष का दण्ड तो क्या वह अपने आपको फांसी पर चढ़ाकर भी नहीं कर सकता है। वह कुछ भी करे परन्तु सुधा का पति कभी वापस लौटकर नहीं आयेगा। यह उसका भ्रम था या स्वप्न, वह कुछ भी नहीं समझ पाता। परन्तु जब कभी भी उसे ऐसे विचार आते तो वह सुबह होने तक अवश्य बेचैन हो उठता था।

आखिर अपनी भूल सुधारने के लिए वह कर भी क्या सकता था? क्या कर सकता था? इन्हीं उलझनों में फंसकर उसकी तीन वर्ष की सजा के दिन डेढ़ वर्ष में पूरे हो गए। डेढ़ वर्ष में इसीलिए पूरे हो गये क्योंकि जेल में चौबीस घंटे में दो दिन शुमार होते हैं-दिन और रात अलग-अलग दिन माने जाते हैं। डेढ़ वर्ष बाद जब वह जेल के मुख्य द्वार से बाहर निकला तो एक पल रुकने के बाद क्षितिज पर दूर तक दृष्टि बिछाते हुए उसने इस प्रकार गहरी श्वास ली मानो पिंजरे से पक्षी बाहर निकलकर दूर-दूर तक उड़ जाना चाहता हो। परन्तु वह जाये कहां? लखनऊ! और उसके मन ने स्वीकृति दे दी। वह जानता था उसे किरण से अब तक प्यार नहीं हो सका है, फिर भी उसे किरण की आवश्यकता थी। इस भरे संसार में उसे अब सहारा भी कौन देगा? जेल के छूटे व्यक्ति से लोग यूं भी घबराते हैं। किरण के वायदों के सहारे उसके मन में अब भी आशा की एक हल्की-सी ज्योति जल रही थी।

किरण याद आई तो सुधा की नफरत भी आकर उसके रास्ते में खड़ी हो गई। परन्तु इस नफरत को उसने झटक दिया। अपने मन को उसने सन्तोष दे दिया कि वह अपनी भूल की सजा काट चुका है। सुधा का पति उसे मिले या न मिले, परन्तु उसका प्रायश्चित हो चुका है। उसे अब सुधा से कोई सम्बन्ध नहीं। हां-हां, कोई सम्बन्ध नहीं। उसने मानो जबरदस्ती अपने दिल को सन्तुष्ट कर लिया और लखनऊ जाने के लिए स्टेशन की ओर बढ़ गया। यात्रा के मध्य उसने किरण से मिलने का उपाय भी ढूंढ़ लिया। वह उसे फोन करके अपने रिहा होने की सूचना सुनाएगा। फिर मिलने का कोई स्थान अपने आप ही निश्चित हो जाएगा।

रेलगाड़ी लखनऊ 'प्लेटफार्म' पर रुकी तो इसी प्लेटफार्म के दूसरी ओर-बिल्कुल सामने एक रेलगाड़ी और खड़ी हुई अपनी मंजिल के लिए चलने की प्रतीक्षा कर रही थी। वह अपनी ट्रेन से नीचे उतरा। स्टेशन से बाहर निकलने के लिए उसने अभी दो-चार पग बढ़ाए ही थे कि अचानक कुछेक जानी-पहचानी सूरतों को देखकर वह चौंक गया। उसके पग धीमे पड़ गए। वहीं फर्स्ट-क्लास का एक डिब्बा बाहर से फूलों तथा रंगीन कागजों से सजा हुआ था। परिचितजनों

को उसने फिर से देखा। पुलिस विभाग के लगभग सभी कर्मचारी क्या छोटे तथा क्या बड़े, सभी अपनी-अपनी वर्दियों में खड़े किसी को विदा करने आए थे। परन्तु तभी जब उसने डी.आई.जी. साहब को देखा तो उसके पग स्थिर हो गए। सादी वेश-भूषा में डिब्बे की खिड़की से सटकर खड़े वह बहुत बुझे-बुझे लग रहे थे। कम्पार्टमेंट के अन्दर खिड़की के समीप ही एक नई-नवेली दुल्हन बैठी हुई थी-सिर झुकाए तथा मुखड़े पर घूंघट काढ़े हुए। एक अज्ञात भय का उसे तुरन्त अहसास हुआ। परन्तु उसका दिल धड़क नहीं सका। फिर भी उसका मन हुआ कि वह दुल्हन के सामने जाए। उसे दूर से देखे। उसका अनुमान गलत तो नहीं है? दुल्हन को सामने से देखने के लिए अभी वह पग उठाने ही वाला था कि अचानक अपना नाम सुनकर चौंक पड़ा।

''अरे आनन्द।'' कोई उससे कह रहा था, ''तुम कब छूट कर आए?''

आनन्द जोशी ने गर्दन घुमाकर देखा। उसके समीप ही एक इंस्पेक्टर खड़ा हुआ था-उसके साथ एक ही थाने में काम करने वाला उसका पुराना संगी। इंस्पेक्टर की बात सुनकर आनन्द जोशी झल्लाकर रह गया। मन हुआ, इंस्पेक्टर के मुंह पर एक मुक्का जमाए। परन्तु इंस्पेक्टर का प्रश्न अनुचित नहीं था। वह जेल से ही छूटकर आ रहा है। वह खून का घूंट पी कर रह गया। अपना मुखड़ा उसने डिब्बे की ओर फेर लिया जहां मानो किसी ने एक मजार पर फूल चढ़ा रखा था।

''दुल्हन को पहचाना!'' पुलिस इंस्पेक्टर ने धीरे-से पूछा।

आनन्द जोशी के होंठों पर एक दर्द भरी मुस्कान आ गई। उसने इंस्पेक्टर की ओर देखे बिना ही नहीं के इशारे पर सिर हिला दिया।

''वह...किरण है-डी.आई.जी. साहब की सुपुत्री।'' इंस्पेक्टर ने मानो न चाहते हुए भी कहा।

आनन्द जोशी के दिल में एक सुई चुभी-बस-और किसी भी प्रकार का उसे अहसास नहीं हुआ। वह तड़प, वह जलन, कुछ भी उसने महसूस नहीं किया तो एक पल इंस्पेक्टर को देखने के बाद वह फिर दुल्हन को देखने लगा।

''वह जो उस तरफ झुण्ड में नवयुवक खड़ा है न? जिसके गले में सबसे अधिक फूलों की मालाएं हैं।'' इंस्पेक्टर ने डिब्बे के द्वार की ओर इशारा किया, ''वही डी.आई.जी. साहब का दामाद है। लन्दन से डाक्टरी पास करके लौटा है। इस समय मुम्बई के मेडिकल कॉलेज में डाक्टर है, परन्तु सुना है कुछेक वर्षों में शीघ्र ही अपना एक निजी अस्पताल खोलने वाला है।''

आनन्द जोशी ने देखा, सूट-बूट तथा गजरों के मध्य दूल्हा बहुत प्रसन्न दिखाई पड़ रहा था। मुखड़े पर लाली थी। आंखों में चमक थी तथा होंठों पर कभी न मिटने वाली मुस्कान। आनन्द

जोशी उसे देखकर मुस्करा दिया। उसने महसूस किया, उसने कुछ खोया नहीं है-पाया ही है-मन का सन्तोष। मन का सन्तोष खो जाए तो सारा संसार पाने के बाद भी प्रसन्नता नहीं मिलती। उसने देखा, कुछेक अन्य इंस्पेक्टर्स की दृष्टि भी उस पर जमी हुई है। उससे दृष्टि मिलते ही सबने अपना मुंह दूसरी ओर फेर लिया, इस प्रकार मानो इस समय अपने अधिकारियों के सामने उससे बातें करना भी उनके लिए अपराध था।

आनन्द जोशी ने समय की परिस्थिति समझी। और फिर धीरे-धीरे सिर झुकाए वह प्लेटफार्म पर आगे बढ़ गया। तभी गाड़ी ने सीटी दी। इंजन एक बार जोर से चीखा। गाड़ी के पहिए रेंगने लगे-छक...छक...छक...छक। प्लेटफार्म पर पड़ी लगभग सारी ही जनता के हाथ यात्रियों को विदा करने के लिए लहराने लगे। तभी फूलों का झोंका लिए एक डिब्बा समीप से गुजरा। अपने पग धीमे करते हुए उसने गर्दन घुमा कर देखा-खिड़की के अन्दर बैठी नई नवेली दुल्हन सिर झुकाए आंसू बहाती हुई रो रही है। शायद हर लड़की के समान उसे भी नैहर छूटने का गम बहुत अधिक सता रहा था। समीप ही एक वृद्धा बैठी उसके सिर पर हाथ रखे उसे तसल्ली दे रही थीं। शायद वह दुल्हन की सास थीं। आनन्द जोशी ने देखा तो उसके मुखड़े की गंभीरता और गहरी हो गई।

***

दिल्ली। मौसम गुलाबी। हल्की-हल्की ठण्डक पड़ रही थी। सुबह के लगभग ग्यारह बजे थे। आनन्द जोशी ने अपने बंगले के मुख्य द्वार पर पहुंचकर एक गहरी सांस ली और फिर पल भर रुककर खड़े-खड़े एक उड़ती हुई दृष्टि से बंगले का वातावरण देखा। पुराने ढंग का बंगला। मोटी-मोटी कलकतिया खपरैल पर काई जम रही थी। दीवारें कुछ पीली थीं। लॉन की चहारदीवारी पर तो मानो युग से सफेदी नहीं की गई थी। परन्तु इसके विपरीत अन्दर का लॉन काफी सुन्दर था। क्यारियां हरी-भरी थीं। फुलवारियां फूलों से लदी थीं। फिर भी सब कुछ सूना था-खामोश। उसे कोई भी नजर नहीं आया तो वह आगे बढ़ा, पोर्टिको के बाद बरामदे में पहुंचकर वह रुक गया। बरामदे में रखे गमलों में सुन्दर फूल पौधे थे। दीवारों पर कुछ लम्बी-लम्बी तस्वीरें थीं-पहाड़ी झरने तथा नदियां।

दरवाजे की ओर वह बहुत भारी पगों से आगे बढ़ा। अपने ही घर में जाने का साहस नहीं होता था। अपने दादा को वह क्या मुंह दिखाएगा? क्या कहेगा उनसे? उसने उनकी इच्छाओं पर पानी ही नहीं फेरा बल्कि जेल जाकर उस खानदान के मस्तक पर कलंक भी लगा दिया है जिसे अपनी मेहनत तथा ईमानदारी पर गर्व था। फिर भी वास्तविकता का सामना करना था। कब तक

अपने दादा से मुंह छिपाता? उसने एक गहरी सांस ली और फिर अन्दर पहुंच गया। बंगले की यह बैठक थी-एक बड़ा ड्राइंगरूम। फर्श पर मानो युगों पुरानी कालीन थी-चूहों के कतरने से कुछेक जगहों पर फट गई थी। काली लकड़ी के बने पुराने ढंग के फर्नीचर-स्प्रिंगदार मोटे तथा चौड़े सोफे। 'कार्नर्स' पर पीतल के लम्बे-लम्बे फूलदान। दीवारों पर बड़ी-बड़ी तस्वीरें।

वह आगे बढ़ा और एक थके तथा हारे हुए जुआरी के समान बीच वाले लम्बे सोफे पर बैठ गया। पीठ उसने पीछे टेक ली। हाथ कन्धों से सीधे करके सोफे पर फैला लिए और अपने पैर सामने की मेज पर रख दिए। चुपचाप-बहुत खामोशी के बाद सामने की दीवार पर देखते हुए वह सोफे पर इस प्रकार धंस गया था मानो आराम कर लेना चाहता हो।

सहसा उसकी आंखों के परदे पर उसके दादा की तस्वीर पड़ी तो चौंक गया। अपने आप ही उसके पैर झट नीचे फर्श पर आ गए। फैले हाथ गोद में चले आए। वह बिल्कुल सीधा होकर बैठ गया-सतर्क-और ध्यान से उस तस्वीर को देखने लगा जो उसकी आंखों के दर्पण पर आकर स्थिर हो गई थी। उसके दादा की तस्वीर सामने दीवार पर टंगी हुई थी। तस्वीर के फ्रेम पर ताजा फूलों की माला लटकी हुई थी। उसका दिल धक से कर गया। अपनी आंखों पर विश्वास ही नहीं होता था। दादा तस्वीर में उसी की ओर देख रहे थे। उनकी आंखें उसे अपनी ओर आकृष्ट कर रही थीं। वह खड़ा हो गया। धीरे-धीरे चलता हुआ वह उनके समीप पहुंचा। बहुत गौर से उन्हें देखने लगा-आंखों में अपनी भूल का पश्चात्ताप लिए हुए मानो उनसे क्षमा मांग रहा हो। उसके होंठ अपने आप कांप उठे। उसके स्वर में आश्चर्य के साथ दर्द भी था। वह बोला, ''दादा...क्या तुम भी...तुम भी...'' उसे अपना वाक्य पूरा करते हुए डर लग रहा था।

''हां सरकार।'' अचानक उसके कानों ने हरिया का स्वर सुना। उसने पलटकर उसे देखा-बहुत आश्चर्य के साथ। हरिया की आंखें सूनी थीं-स्वर गंभीर। वह कह रहा था, ''बड़े सरकार का निधन तो तभी हो गया जब उन्होंने आपकी सजा के बारे में सुना। हृदय की गति बंद हो गई थी-तुरन्त ही। इस बात की सूचना मैं आपको अवश्य देना चाहता था परन्तु आपका दुख पहले ही इतना असहनीय था कि मैं इसे बढ़ाने का साहस नहीं कर सका।'' हरिया का स्वर भर्रा गया। आंखें भी भी गईं तो वह अपने कन्धे पर पड़े गमछे के कोने से अपनी पलकें पोंछने लगा। बात उसने जारी रखी, ''बड़े सरकार के कुछ मास बाद मेरे बापू का भी स्वर्गवास हो गया। तब से मैं अकेला इस घर की देखभाल कर रहा हूं।''

''ओह!'' आनन्द जोशी के दिल को अन्दर ही अन्दर धक्का लगा। अब उसके सिर पर किसी की भी छाया नहीं थी। अपने आपको उसने इस संसार में बिल्कुल अकेला महसूस किया।

उसके मुखड़े की उदासी बढ़ गई। होंठों से उसने कुछ भी नहीं कहा। कुछ पल दादा की तस्वीर को देखता रहा और जब उसकी पलकें भीगने लगीं तो वह दोबारा सोफे पर आकर बैठ गया। अपनी कुहनियां घुटनों पर टेककर दोनों हाथों को मोड़ते हुए उसने अपनी अंगुलियां आपस में बांध लीं और झुकते हुए इस पर मस्तक टेक दिया। अपनी आंखें बंद कर लीं और चुप्पी साध ली।

''आप कब आए सरकार?'' कुछ पल बाद हरिया ने पूछा।

''हूं?'' आनन्द जोशी मानो सपने से जागा। फिर आंखें खोलने के बाद सिर उठाते हुए बोला, ''अभी ही आया हूं।''

''आप स्नान कर लें। तब तक मैं आपका नाश्ता तैयार करता हूं।''

''नाश्ता?'' आनन्द जोशी ने सोचा। फिर पूछा, ''दादा के बाद तुम्हारा गुजर कैसे होता रहा?''

''बंगले के पिछले भाग में साग-सब्जी का छोटा-सा खेत बना रखा है।'' हरिया ने उत्तर दिया, ''कुछ सब्जी मेरे काम आ जाती है, बाकी बेचकर किसी प्रकार अपना गुजारा कर लेता हूं। परन्तु अब आप आ गए हैं तो सब कुछ ठीक हो जायेगा।''

उसने कोई उत्तर नहीं दिया। हरिया के बारे में सोचने लगा, जिसका खानदान उसके खानदान का नमक खाकर उसी के समान ईमानदार था। हरिया चाहता तो उसकी अनुपस्थिति में इस घर से क्या लाभ नहीं उठा सकता था?

***

कुछेक दिन बीत गये। आनन्द जोशी किरण को भूल गया। उसे उससे कोई शिकायत नहीं थी। किरण को भूल गया तो सुधा भी उसके मस्तिष्क से उतर गई। परन्तु फिर भी उसके मन को वह सन्तोष नहीं मिला जिसकी उसे आशा थी। उसकी खामोशी, उदासी ऐसी थी मानो उसका कुछ खो गया हो। उसके रूखे-सूखे जीवन को मानो किसी की तलाश थी। किसकी? यह वह स्वयं नहीं जानता था। उसका स्वभाव आरम्भ से ही गम्भीर था और गम्भीर हो गया। इन्हीं परिस्थितियों के अन्तर्गत उसका जीवन अपने अन्दर निराशा की कुढ़न लिए हुए सुस्त गति के साथ बीतने लगा। इतनी जल्दी किसी व्यापार को आरम्भ करने का उसका मन नहीं होता था।

दिल्ली में उसके परिचित लोग नहीं के बराबर थे क्योंकि अपने पिता की सरकारी नौकरी के समय वह उन्हीं के साथ रहता था-उत्तरप्रदेश में-एक जगह से दूसरी जगह, जहां कहीं भी

उनका तबादला हुआ। इसी प्रकार उसकी पढ़ाई भी जारी रही। जवान हुआ तो नौकरी दिल्ली के बाहर ही मिली थी। इसलिए अब सजा काटने के बाद उसे दिल्ली में इधर-उधर जाकर किसी की चुभती दृष्टि का कोई भय नहीं था। फिर भी वह दिन भर अपने बंगले में पड़ा रहता-उदास-खामोश गम्भीर और कभी-कभी एक रोगी समान भी। हरिया उसकी अवस्था देखता-और बस, मन ही मन अपने मालिक के सुख की कामना करने लगता। कुछ कहने का साहस नहीं होता था।

परन्तु एक दिन आनन्द जोशी को जीवन की कुछ आवश्यकताएं शहर के खुले वातावरण में ले ही आईं। शहर की चहल-पहल में भटककर वह अपने दिल की गंभीरता को कुछ कम कर लेना चाहता था इसलिए पैदल ही निकल गया। तब दिन के लगभग ग्यारह बज रहे थे।

सहसा एक जगह पर उसके कानों में जानी-पहचानी आवाज पड़ी-ऐसी आवाज, जो सदा तड़प-तड़पकर उसके कानों में जहर घोलती रहती थी-और जिसे अब वह भूल चुका था। इस आवाज से पीछा छुड़ाकर वह एक बार फिर बहुत दूर भाग जाना चाहता था, परन्तु उसके पग जहां-के-तहां रुक गए।

''अरे राजा-राजा बेटा-कहां चला गया राजा बेटा?'' एक अबला घबराई-घबराई चीख रही थी।

आनन्द जोशी ने पलटकर देखा तो ठिठक गया। उसके सामने सुधा खड़ी थी-सुधा, जिसकी बरबादी का वह अकेला जिम्मेदार था। कुछ ही दूरी पर थी वह। अपने आपको उसने छिपा लेना चाहा। पलटकर तुरन्त अपने रास्ते बढ़ जाना चाहा। कहीं ऐसा न हो कि सुधा उसे पहचान ले और भरे समाज में उसकी निन्दा करने लगे। दिल जला हो तो मानव किसी की परवाह नहीं करता है। नफरत-नफरत-नफरत-सुधा के मन में उसके प्रति और हो भी क्या सकता था? परन्तु तभी अपना मुंह फेरने के बाद भी वह चौंक गया। पलटकर उसने फिर देखा। सुधा के पग भटके-भटके थे-तथा हाथ बहके-बहके। सुधा की स्थिति से साफ प्रकट था कि वह अन्धी है। अन्धी-वह सन्न रह गया। अपनी आंखों पर विश्वास ही नहीं हुआ। सुधा अब तक भटकते पगों से चीख रही थी, ''राजा-अरे राजा बेटा-कहां चला गया?''

सहसा सुधा घबराती हुई अनमनी-सी एक ओर यूं तेजी के साथ बढ़ी कि उससे जाकर टकराई। गिरती-गिरती बची। गिर पड़ती यदि वह उसे सहारा नहीं देता। सुधा ने उसकी परवाह नहीं की और आगे बढ़ते हुए पूरी ताकत से चीख पड़ी, ''राजा...मेरा बेटा।'' उसका स्वर कांप

रहा था। उसकी चीख सुनकर कुछेक लोगों के बढ़ते पग धीमे पड़ गए। शायद इस अबला का बच्चा खो गया है

आनन्द जोशी ने झट इधर-उधर देखा। तभी सड़क के उस पार उसने सूट पहने दो व्यक्तियों को बहुत भेद भरी अवस्था में एक पुराने माडल की काली कार के अन्दर प्रवेश करते देखा। पुलिस की आंखें थीं इसीलिए वास्तविकता भांपने में चूक न सकीं। शरीर के अन्दर भी खानदानी चुस्ती थी। इससे पहले कि कार स्टार्ट हो, आनन्द जोशी हिरन के समान चौकड़ी भरकर ड्राइवर के समीप पहुंच गया। ड्राइवर कुछ भांप गया तो उसने तुरन्त कार स्टार्ट कर दी। जल्दी में कार 'गियर' पर एक झटका खाकर आगे भी बढ़ गई। परन्तु आनन्द जोशी का मस्तिष्क इससे भी अधिक तेज काम कर चुका था।

उसने लपककर स्टियरिंग पकड़ ली और पूरी ताकत से बाईं ओर घुमा दी। ऐसा करते समय उसके पग भी जमीन में रगड़ गये। परन्तु उसने स्टियरिंग नहीं छोड़ा। ड्राइवर उसका हाथ छुड़ाने का प्रयत्न कर रहा था। फिर भी उसकी पकड़ मजबूत थी। फलस्वरूप कार बाईं ओर मुड़कर तुरन्त ही सड़क के किनारे बनी नाली से टकराई। कार स्टार्ट थी। आनन्द जोशी ने ड्राइवर के मुंह पर एक भरपूर मुक्का मारा। वह सीट पर लुढ़क गया तो आनन्द जोशी ने झट हाथ बढ़ाकर कार की चाभी बाहर निकाल ली। घटना की गंभीरता देखकर पीछे बैठे दोनों व्यक्ति तुरन्त बाहर निकले और उस पर टूट पड़े। तब तक आनन्द जोशी कार की चाभी को अपनी पाकेट में रख चुका था। अब ड्राइवर गाड़ी लेकर भाग नहीं सकता था इसलिए वह भी उतरकर उस पर टूट पड़ा। फिर एक अच्छा-खासा घमासान युद्ध छिड़ गया। चाकू और छुरे आनन्द जोशी की मृत्यु बनकर लहराने लगे। परन्तु आनन्द जोशी ऐसे यमदूतों से जरा भी डरने वाला नहीं था। ऐसे लोगों से मुकाबला करना तो कभी उसका पेशा ही था। शरीर से वह यूं भी ताकतवर था। बदमाशों का उसने जमकर मुकाबला किया।

अचानक इतना बड़ा झगड़ा देखकर आसपास की कुछेक दुकानें बंद हो गईं। कुछेक दुकानदारों ने पुलिस को भी फोन कर दिया। लोग एकत्र होने लगे, परन्तु किसी ने भी उन गुण्डों का मुकाबला करने का साहस नहीं किया। कुछ लोग वास्तविकता से अनभिज्ञ झगड़े को उनका व्यक्तिगत मामला समझकर दूर खड़े तमाशा देखते रहे। किसी ने भी आनन्द जोशी का साथ नहीं दिया फिर भी आनन्द जोशी उसी प्रकार डटा रहा। खुद घायल हो गया। होंठों से रक्त भी निकल आया। चाकू से एक बांह की चमड़ी भी हल्के से कट गई, परन्तु उसने अपना पग पीछे नहीं हटाया। जिस बदमाश को भी उसका तौला हुआ एक भरपूर हाथ पड़ा, उसे पलभर के लिए

चक्कर आ गया। आखिर थक-हारकर जब तीनों बदमाशों ने वहां से भाग निकलना चाहा तो आनन्द ने अन्तिम बदमाश को अपनी पकड़ में ले ही लिया। अन्तिम बदमाश कार ड्राइवर था, मार खाने के बाद पस्त-बेहाल सा। आनन्द जोशी ने उसे कालर पकड़कर अपनी ओर खींचते हुए गर्दन उठाकर कार के अंदर झांका। वहां कुछ भी नहीं था। उसने बदमाश के मुंह पर एक जोरदार थप्पड़ रसीद किया। फिर चीखकर पूछा, ''बताओ-कहां है वह बच्चा जो अभी-अभी तुम लोगों ने गायब किया?''

आसपास की जनता के दिल में आनन्द जोशी की बहादुरी का सिक्का बैठा चुका था। परन्तु जब उसका गरजता हुआ प्रश्न उनके कानों में पड़ा तो सब के सब स्तब्ध रह गये। झगड़े के मध्य वहीं पर सुधा भी बौखलाई सी खड़ी थी। आनन्द जोशी का प्रश्न जब उसने सुना तो स्वर पर ध्यान न दे सकी। उसके लिए प्रश्न अधिक महत्वपूर्ण था। वहीं से चीखती तथा छाती पीटती हुई वह आनन्द जोशी की ओर लपकी, ''कहां है मेरा बच्चा? किसने मेरे बच्चे को गायब किया है?''

उसकी पुकार सुनकर जनता ने उसे रास्ता दे दिया तो वह अगल-बगल के लोगों से टकराती हुई अपने आप ही आनन्द जोशी के समीप पहुंच गई। आनन्द जोशी ने सुधा को देखा। उसकी आंखों से आंसुओं की धारा जारी थी। उसने अपने हाथ में थामे बदमाश का कालर और जोर से अपनी ओर खींचा जिसने अब तक उसके प्रश्न का उत्तर नहीं दिया था। फिर उसने उसके गाल के दोनों ओर चार-छः थप्पड़ लगाए, एक ही हाथ द्वारा, कभी हथेली से तो कभी हथेली के उल्टी ओर से। बदमाश के जबड़े हिल गये। इस बार आनन्द जोशी पहले से अधिक तेज स्वर में गरजा, ''बताओ वह बच्चा कहां है वरना मैं अभी तुम्हें पुलिस थाने ले चलता हूं।''

''मुझे पुलिस थाने मत ले जाइए साहब...मुझे पुलिस थाने मत ले जाइए...मैं...मैं सब कुछ बता देता हूं।'' वह व्यक्ति दर्द से तड़पकर गिड़गिड़ाया, ''वह बच्चा...वह...वह बच्चा कार की डिक्की में है।''

सुधा ने सुना तो उसका कलेजा मुंह को आ गया। उसने अपनी अंगुली होंठों पर रख ली। फिर भी स्वर निकल ही गया-''आह!'' सांस घुट जाने के कारण उसकी चीख आधी रह गई थी।

आनन्द जोशी ने बदमाश को एक सख्त झटका देकर इस प्रकार छोड़ा कि वह लड़खड़ाता हुआ समीप खड़े व्यक्तियों पर जा गिरा। फिर जनता ने उसे संभाल लिया। लात, जूते, घूंसे, थप्पड़ तथा गालियों से उसका स्वागत होने लगा। आनन्द जोशी ने 'डिक्की' खोली। नन्हा-मुन्ना बच्चा

एक गठरी समान पड़ा हुआ छटपटा रहा था। बदमाशों ने आवाज न निकलने के कारण नन्ही-सी जान के मुंह में इतना अधिक कपड़ा ठूंस दिया था कि उसकी जान भी निकल सकती थी। हाथ-पैर भी बंधे हुए थे। कुछ लोगों ने देखा तो राम-राम किए बिना नहीं रह सके।

सुधा ने सुना तो एक अज्ञात भय से उसका दिल ही कांप गया। वह अपने बच्चे तक पहुंचने के लिए अधीर हो उठी। इसी बीच आनन्द जोशी ने बच्चे को गोद में उठा लिया था। बच्चे के मुंह से उसने कपड़ा निकाला तो वह चीख-चीखकर रो पड़ा। समीप खड़े लोगों में से कुछेक आगे बढ़े और आनन्द जोशी की सहायता करते हुए उन्होंने बच्चे के हाथ-पैर के बन्धनों को खोल दिया।

बच्चे का स्वर सुनकर सुधा की छाती धड़क उठी। आनन्द जोशी के समीप पहुंचकर वह इधर-उधर देखने लगी तो आनन्द जोशी ने बच्चा उसकी गोद में डाल दिया। सुधा बच्चे को छाती से लगाकर दीवानों समान चूमने लगी और फूट-फूटकर रो पड़ी। उसके आंसुओं को देखकर आनन्द जोशी का दिल फट गया। वह जानता था कि और मांओं से कहीं अधिक अभागिन सुधा के दिल में अपने बच्चे के लिए प्यार अधिक है। उसके स्वर्गवासी पति की यही तो एकमात्र जीती-जागती निशानी उसके पास बची थी। बच्चे की आयु लगभग साढ़े तीन वर्ष की थी, फिर भी सुधा उसे इस प्रकार अपनी छाती में समाए हुए थी मानो उसने अभी-अभी ही उसे अपनी कोख से जन्मा है। बच्चा बिछुड़ जाता तो शायद वह अपना सिर पटक-पटककर जान दे देती। इसी भय के कारण रोते-रोते उसकी हिचकी भी बंध गई।

तभी एक सज्जन ने सुधा को देखकर कहा, ''अरे, अब क्यों रो रही हो? धन्यवाद दो इस महापुरुष को जिसने अपनी जान पर खेलकर तुम्हारे बच्चे की रक्षा कर दी।'' उसने आनन्द जोशी की ओर इशारा किया।

''नहीं-नहीं-कोई बात नहीं।'' आनन्द जोशी ने अपनी पाकेट से रुमाल निकालकर अपने होंठों का रक्त पोंछते हुए कहा, ''इनकी सहायता करना तो मेरा कर्तव्य था।''

सुधा ने आनन्द के स्वर पर जरा भी गौर नहीं किया। जब पहली बार इस स्वर को सुनकर उसने ध्यान नहीं दिया तो दोबारा सुनकर ध्यान देने की आवश्यकता ही नहीं थी-विशेष कर ऐसी स्थिति में। और फिर जिस स्वर से उसे घृणा थी वह आनन्द जोशी का स्वर नहीं था-इंस्पेक्टर जोशी का स्वर था। इस स्वर में अन्तर था-इतना अन्तर जितना सहानुभूति तथा घृणा के बीच है। तब उसने जो भी कुछ सुना था इंस्पेक्टर जोशी को देखने के बाद ही सुना था।

इंस्पेक्टर जोशी को देखते ही उसके मन में उसके प्रति घृणा का समा जाना स्वाभाविक था। परन्तु इस समय परिस्थिति बिल्कुल अलग थी। इस समय वह आनन्द जोशी को देख नहीं सकी इसलिए अकारण ही उसके मन में कोई घृणा भी नहीं उत्पन्न हुई। घृणा उत्पन्न नहीं हुई तो वह उसके स्वर को पहचान भी नहीं सकी। आनन्द जोशी की बात सुनकर सुधा ने अपनी स्थिति संभाली और उसकी ओर मुखड़ा उठाकर बोली, ''आपका यह उपकार मैं जीवन भर नहीं भूलूंगी। आप मानव नहीं देवता हैं।'' अपने बच्चे को उसने कन्धे पर संभाल लिया और एक हाथ द्वारा अपनी आंखों के आंसू पोंछने लगी।

''नौजवान।'' सहसा समीप खड़े एक बूढ़े व्यक्ति ने आनन्द जोशी के व्यक्तित्व को ऊपर से नीचे तक देखकर सराहते हुए कहा ''तुम वास्तव में बहादुर हो। तुम्हें तो एक फौजी सिपाही होना चाहिए था।''

''फौजी सिपाही क्यों?'' एक दूसरे व्यक्ति ने आनन्द जोशी के अन्दर के गुण की सराहना की। बोला, ''इन्हें तो कोई जासूस होना चाहिए था या कम से कम एक पुलिस इंस्पेक्टर ही। वाह! क्या आंखें हैं! एक ही दृष्टि में अपराधियों को पहचान गईं।''

तभी वहां पुलिस की गाड़ियां आ गईं। जनता ने बदमाश को अपनी पकड़ में ले रखा था। पुलिस ने अपराधी बनाकर उसे अपनी हिरासत में ले लिया। फिर एक पुलिस इंस्पेक्टर ने आनंद जोशी की ओर देखा। उसके सुन्दर व्यक्तित्व से वह प्रभावित हुए बिना नहीं रह सका। आनन्द जोशी के चेहरे तथा एक बांह पर रक्त के धब्बे थे। उसने पूछा, ''आपको अस्पताल जाने की तो आवश्यकता नहीं है?''

''ओह नो।'' आनन्द जोशी ने गर्दन हिलाकर झूमते हुए कहा, ''बिल्कुल भी नहीं।''

पुलिस इंस्पेक्टर ने उसकी मन ही मन प्रशंसा की। फिर बयान के लिए उसके साथ सुधा को भी थाने ले जाना चाहा।

''परन्तु मैं कैसे जा सकती हूं?'' सुधा ने एक नई कठिनाई में उलझते हुए कहा, ''मुझे तो बाबा की इसी जगह प्रतीक्षा करनी है।''

''प्रतीक्षा करनी है!'' आनन्द जोशी ने आश्चर्य से पूछा। यदि सुधा का बाबा आ गया तो वह निश्चय ही उसे पहचान लेगा और यदि उसे पहचान कर उन्होंने उसकी वास्तविकता सुधा के सामने प्रकट कर दी तो सुधा की जीती हुई सहानुभूति तथा श्रद्धा फिर घृणा में परिवर्तित हो जायेगी। एक नारी अपने पति के हत्यारे को कभी भी क्षमा नहीं कर सकती। वह चिन्ता में पड़ गया।

''हां।'' सुधा ने उसके दिल में उठती चिन्ता से निश्चिंत कहा।

''परन्तु वह गये कहां हैं?'' आनन्द जोशी ने मानो न चाह कर भी पूछा।

''वह समीप ही किसी गली में कुछ फल लेने गये हैं।'' सुधा ने कहा, ''गली में भीड़ थी इसलिए मुझे ले जाना उचित नहीं समझा, अंधी हूं न मैं-इसलिए देख नहीं सकती।''

आनन्द जोशी का दिल उसके प्रति करुणा से भर गया। पुलिस इंस्पेक्टर ने चाहा कि उसके बाबा की प्रतीक्षा में यहां पर एक कांस्टेबिल को छोड़ दे और सबको साथ ले जाये, परन्तु तभी वहां पर बाबा भगतराम आ गये। उनके हाथ में कपड़े की एक थैली लटक रही थी, थैली में शायद कुछ फल थे। आनन्द जोशी ने उन्हें देखा तो एक ही दृष्टि में पहचान लिया और तुरन्त अपना मुंह दूसरी ओर फेरकर एक किनारे सरक गया। जनता की भीड़ से धक्का खाकर उसके स्थान पर एक दूसरा व्यक्ति आ खड़ा हुआ। भगत राम को जनता से पहले ही ज्ञात हो गया था कि किस घटना के कारण यहां पर इतनी भीड़ एकत्रित है। घबराए स्वर में वह पूछ रहे थे, ''कहां है मेरी बच्ची? कहां है?'' और फिर उन्होंने आते ही सुधा को उसके बच्चे सहित अपनी छाती से लगा लिया। सुधा की आंखों से आंसुओं की झड़ी लग गई। भगतराम अपनी बच्ची के सिर पर हाथ रखकर मानो खुद से बोले, ''उन बदमाशों को एक अंधी दुखिया का बच्चा छीनते मौत क्यों नहीं आ गई?''

''बाबा।'' सुधा ने अपने आंसू पोंछते हुए कहा, ''मेरे राजा को आज कोई भी नहीं बचा सकता था, यदि यह देवता मेरी सहायता नहीं करते।'' उसने उस ओर इशारा किया जहां आनन्द जोशी पहले खड़ा था।

''मैं!'' सहसा आनन्द जोशी के स्थान पर आकर खड़ा व्यक्ति चौंककर बौखला गया। फिर बोला, ''अरे मैं नहीं-वह'' उसने समीप ही खड़े आनन्द की ओर इशारा किया, ''वह देवता तो वह खड़े हैं।''

सुधा ने स्वर में अन्तर पाया तो अपनी बेबसी पर लजा गई। भगतराम ने आनन्द जोशी को देखा। उसका मुखड़ा तिरछा था। वह अपने आपको छिपाने का प्रयत्न कर रहा था। यदि इस समय पुलिस नहीं होती तथा जनता की प्रशंसनीय दृष्टि का वह एकमात्र केन्द्र नहीं होता तो निश्चय ही यहां से निकल भागता। भगतराम को उसका चेहरा कुछ परिचित-सा लगा। अपने मस्तक पर बल डालकर चशमे के अन्दर ही अन्दर आंखों पर जोर देते हुए वह आनन्द जोशी के समीप आ गये-बिल्कुल सामने। आनन्द जोशी की जान ही निकल गई। भगतराम ने उसे पहचाना तो चौंक गये। होंठों से अपने आप ही निकल गया, ''तुम!''

‘‘जी हां।’’ सहसा समीप खड़े एक दूसरे व्यक्ति ने कहा, ‘‘इनके अतिरिक्त एक पराये बच्चे के लिए इतने भयानक बदमाशों का मुकाबला करने का साहस यहां किसी में नहीं हुआ। चाकू, छुरा सभी कुछ तो लेकर सब इन पर टूट पड़े थे।’’

भगतराम ने देखा-जोशी-इंस्पेक्टर जोशी वास्तव में बहुत घायल है। वह उसे इंस्पेक्टर जोशी के ही नाम से जानते थे। आनन्द जोशी के गोरे मुखड़े पर चोट पड़ने के कारण कहीं-कहीं भूरे धब्बे पड़ गए थे। होंठों के किनारे पर भी रक्त का धब्बा था। एक बांह की आस्तीन रक्त से तर थी। कहीं-कहीं रक्त जमकर पपड़ी बन गया था। भगतराम को विश्वास ही नहीं हुआ। आनन्द जोशी ने उन्हें देखा तो अपनी दृष्टि नीचे झुका ली।

अदालत ने न्याय की एक प्रतिलिपि सुधा को भी भेजी थी इसलिए भगतराम जानते थे इंस्पेक्टर जोशी को सजा हो चुकी है। उसे उसके अनजाने अपराध का फल मिल चुका है। अब इस समय की परिस्थिति देखते हुए वह निर्णय नहीं कर सके कि उन्हें उनसे घृणा करनी चाहिए या नहीं। उन्होंने सुधा को देखा, उसका राजा बेटा गुम हो जाता तो वह निश्चय ही अपनी जान दे देती। अपने पति की एकमात्र जीती-जागती निशानी को छाती से लगाने के बाद ही तो उसे जीने का सहारा मिलता है। उनके सामने घृणा तथा श्रद्धा की ऐसी गुत्थी थी जिसे वह सुलझा नहीं सके। सुधा जिसे पहचानकर घृणा करती है उसे बिना देखे देवता भी मान रही है। क्या वह अपनी बेटी को उसकी वास्तविकता बता दे? नहीं। इस समय और वह भी ऐसे स्थान पर कुछ कहना उचित नहीं था। उनकी बेटी क्या, यहां तो सभी की दृष्टि में वह एक देवता है। और क्या अपनी जान को खतरे में डालकर उसने एक देवतुल्य काम नहीं किया है? क्या उसने राजा बेटा को बचाकर सुधा को जीने का एक नया सहारा नहीं दिया है? उन्होंने खामोश रहने में ही भलाई समझी।

‘‘चलिए गाड़ी में बैठिए।’’ पुलिस इंस्पेक्टर ने आनन्द जोशी तथा बाबा को खामोश देखा तो कहा।

और उसके साथ आनन्द जोशी, बाबा तथा अपनी गोद में बच्चे को लिए हुए सुधा पुलिस की गाड़ी की ओर चल पड़ी। तब भी जनता आनन्द जोशी की प्रशंसा किए नहीं थकती थी।

‘‘वाह! खूब पहचाना कि किसने बच्चा अपहृत किया था।’’ एक व्यक्ति उसकी प्रशंसा में कह रहा था।

‘‘क्या आंखें हैं। कोई सी.आई.डी. भी ऐसे सूट-बूट वालों पर संदेह नहीं कर सकता था।’’ दूसरा कह रहा था।

‘‘जैसी आंखें, वैसी ही चुस्ती! क्या कमाल दिखाया है!’’ वह तीसरे व्यक्ति की जुबान पर था।

ऐसे वाक्य सुनकर पुलिस इंस्पेक्टर ही नहीं, बाबा भगतराम भी आनन्द जोशी को देखे बिना नहीं रह सके। आनन्द जोशी की श्रद्धा उनके मन में बढ़ती ही जा रही थी। सुधा भी अपने मन में देवता की एक सुन्दर तस्वीर बनाती हुई उसके अहसान से दबती चली गई।

थाने के अन्दर पुलिस इंस्पेक्टर ने अपनी मेज के समीप एक ओर आनन्द जोशी को तथा दूसरी ओर सुधा और उसके बाबा को कुर्सी पर बैठने का इशारा किया। अपराधी को उसने कुछ दूर पर दीवार से सटी एक बेंच पर बैठने का आदेश दिया। फिर एक मुंशी कांस्टेबिल को बयान लिखने का आदेश देकर वह अपना छोटे डंडे का हंटर लिए अपराधी के समीप पहुंचा। एक कुर्सी उसके समीप खींची और फिर हण्टर का एक कोना उसकी आंखों के समीप करते हुए उसने पूछा, ‘‘क्या नाम है तुम्हारा?’’

‘‘बदरी प्रसाद।’’ अपराधी ने कनखियों से आनन्द जोशी को देखते हुए दांस पीसे जिसके कारण आज वह इस मुसीबत में फंसा था।

‘‘क्या काम करते हो?’’

‘‘कुछ नहीं।’’

‘‘ओह!’’ इंस्पेक्टर गुर्राया, ‘‘तो बच्चे उठाना पेशा बना रखा है।’’ वह अपनी कुर्सी से उठा और अपराधी के ऊपर छः सात हण्टर बरसाए। अपराधी चोट सहन नहीं कर सका तो दर्द से तड़पकर चीखने लगा, परन्तु उसने दया की भीख नहीं मांगी। इंस्पेक्टर ने अच्छी तरह हण्टर मारने के बाद पूछा, ‘‘बताओ किसलिए तुम और तुम्हारे साथी बच्चा उठाते हैं? बताओ?’’ इंस्पेक्टर ने डांटकर एक जोरदार हण्टर उसे और मारा।

‘‘मैं नहीं बताऊंगा। मैं नहीं बता सकता।’’ अपराधी ने गिड़गिड़ाकर कहा।

‘‘तुम क्या तुम्हारे बाप भी बतायेंगे।’’ इंस्पेक्टर अचानक खिसिया गया तो उस पर अंधाधुंध हण्टर बरसाने लगा-सिर पर, गर्दन पर, कन्धे तथा बांहों पर भी।

‘‘आप मुझे मार डालिए परन्तु मैं कुछ भी नहीं बताऊंगा। अपराधी ने अपने हाथों से खुद को बचाने का असफल प्रयत्न करते हुए कहा, ‘‘यदि मेरे मुंह से कुछ निकल गया तो वह मेरे बीवी-बच्चे को जान से मार देगा।’’

‘‘कौन तुम्हारे बीवी-बच्चों को जान से मार देगा?’’ इंस्पेक्टर ने गरजकर एक पल अपना हाथ रोकते हुए पूछा।

‘‘मैं नहीं बताऊंगा-मैं कुछ भी नहीं बताऊंगा।’’ अपराधी ने दर्द से कराह लेकर अपनी गर्दन सहलाते हुए कहा।

‘‘देखो बदरी प्रसाद।’’ इंस्पेक्टर ने इस बार नम्रता से काम लिया। बोला, ‘‘यदि तुम अपराधियों को पकड़वाने में हमारी सहायता करोगे तो हम भी तुम्हारे बीवी-बच्चों की पूरी रक्षा करेंगे।’’

‘आप उनकी रक्षा नहीं कर सकते क्योंकि अब तक बॉस के आदमियों ने उन्हें उस तक पहुंचा भी दिया होगा। यह ‘बॉस’ की एक अचूक चाल है। मेरे बीवी-बच्चों के मरने से अच्छा है कि मैं ही अपनी जुबान बंद रखकर जान दे दूं।’’

पुलिस इंस्पेक्टर चक्कर में पड़ गया। वास्तविकता उगलवाने का कोई रास्ता समझ में नहीं आया तो खिसियाकर वह बेतहाशा अपराधी को हण्टर मारने लगा। शायद इस प्रकार वह अपराधियों का पता बता दे। अपराधी तड़पकर चीखने लगा-चिल्लाने लगा। परन्तु अपने दिल का भेद उसने जरा भी प्रकट नहीं किया। यहां तक कि इंस्पेक्टर उसे मारते-मारते थक गया।

‘‘ठहरिए इंस्पेक्टर साहब।’’ सहसा आनन्द जोशी ने अपनी कुर्सी पर से उठते हुए कहा और फिर अपराधी की ओर बढ़ गया।

पुलिस इंस्पेक्टर ने फूलती सांसों के साथ आनन्द जोशी को देखा। अपने मामले में उसका हस्तक्षेप करना उसे अच्छा नहीं लगा फिर भी आनन्द जोशी के व्यक्तित्व में कोई ऐसा प्रभाव अवश्य था कि वह उसे मना नहीं कर सका।

आनन्द जोशी अपराधी के समीप पहुंचा। फिर बहुत इत्मीनान के साथ अपना एक पैर उठाकर बेंच पर रख दिया-अपराधी के बिल्कुल समीप ही। उसके इस साहस पर वहां खड़े सभी पुलिस कर्मचारियों ने उसे बहुत आश्चर्य के साथ देखा फिर पलटकर आपस में एक-दूसरे का मुखड़ा ताकने लगे, इस प्रकार मानो नजरों ही नजरों में उसका परिचय पूछ रहे हों। कौन है यह व्यक्ति? कौन है? किसी दूसरे हलके या शहर का एक पुलिस अधिकारी? सी.आई.डी. या सरकार का कोई आदरणीय कर्मचारी? परन्तु ठीक-ठीक अनुमान नहीं लगा सके। फिर भी किसी ने उससे कुछ पूछा नहीं और न ही उसे रोकने का साहस किया। आनन्द जोशी अब पुलिस इंस्पेक्टर नहीं

था, परन्तु उसका स्वभाव वही पुराना था। उसके अन्दर की आत्मा नहीं बदली थी। उसके रक्त की बूंद-बूंद में वही जोश था जो उसे खानदान से मिला था। वह अपराधी की ओर झुका।

''देखो बदरी।'' उसने बहुत नम्रता से कहा, ''यदि तुम अपराधियों का पता नहीं बताओगे तब भी हम तुम्हें मरने नहीं देंगे। और यदि तुमने चालाकी से काम लेकर अपनी जान दे भी दी, तब भी यह सूचना जेल के बाहर नहीं जा सकेगी क्योंकि हमें कल के अखबारों में निकालना पड़ेगा कि अपराधी बदरी प्रसाद, जो एक बच्चा अपहृत करते समय रंग हाथों पकड़ा गया है, उसने अपना पूरा बयान दे दिया है और जिसे अब भेद में रखकर आवश्यक कार्यवाही की जा रही है।''

''नहीं--नहीं।'' अपराधी गिड़गिड़ाकर विनती करने लगा, ''ऐसा मत कीजिए-ऐसा हर्गिज मत कीजिए वरना वह मेरी बीवी-बच्चों को मार डालेगा।''

''फिर तुम हमें अपना पूरा-पूरा बयान क्यों नहीं देते?'' आनन्द जोशी अपनी चतुरता पर मन ही मन मुस्करा उठा। बोला, ''तुम हमारी सहायता करोगे तो हम भी...'' अचानक आनन्द जोशी चौंक गया। वह बहुत देर से 'हम' और 'हमें' कहकर अपने आपको पुलिस कर्मचारी प्रकट कर रहा था। उसने झट बात सुधार दी। बोला, ''मेरा मतलब पुलिस भी तुम्हारी पूरी सहायता करेगी और चाहेगी कि तुम्हारे बीवी-बच्चों को कोई हानि नहीं पहुंचे।''

हम! हमें! सभी पुलिस कर्मचारी उसे बहुत आश्चर्य से देख रहे थे और उसके बात सुधारने पर तो अब सभी को विश्वास हो गया कि निश्चय ही वह गुप्तचर विभाग का ही कोई अधिकारी है। अपनी बात का उसने ऐसा पासा फेंका था कि अपराधी का इससे बच निकलना जरा भी संभव नहीं था। सब फटी-फटी आंखों से उसे देखने लगे। कुछेक कर्मचारी तो उससे प्रभावित होकर सावधान की स्थिति में भी खड़े हो गए।

अपराधी बदरी प्रसाद आनन्द जोशी की बात सुनकर चुप हो गया। दोनों स्थिति में उसके बीवी-बच्चे जाल में फंसते हैं। यदि वह अपना बयान नहीं देता है तब भी उसका 'बॉस' अखबार की बातों में आकर उसके बीवी-बच्चों को अवश्य जान से मार देगा। यही एक भय था जिसके कारण उसके आदमियों ने अनेकों अपराध में पकड़ने के बाद भी अब तक उसका भेद सुरक्षित रखा था। परन्तु अब क्या हो सकता है? अब, उसने पुलिस को सब कुछ बता देने में ही अपनी तथा बीवी-बच्चों की भलाई समझी। उसने अपना सिर झुका लिया। उसकी आंखों से आंसू निकले और टप-टप करके नीचे गिरने लगे।

''आप मेरा बयान ले सकते हैं इंस्पेक्टर साहब।'' आनन्द जोशी ने सीधे खड़े होकर पैरों को नीचे करते हुए कहा।

सारे के सारे उपस्थित पुलिस कर्मचारी आनन्द जोशी को अब तक बहुत आश्चर्य से देख रहे थे। यदि कोई चकित नहीं था तो वह थे बाबा भगतराम जी। वह जानते थे कि जोशी पहले एक गुणी पुलिस इंस्पेक्टर रह चुका है। उसके लिए दांव-पेंच वाली बातें करके अपराधी के मुंह से सत्य निकलवाना एक साधारण-सी बात थी। इस घटना से सम्बन्धित इंस्पेक्टर अपनी मूर्खता पर दिल ही दिल में लज्जित हुआ और फिर आनन्द जोशी से हाथ मिलाते हुए बोला, ''थैंक्यू मिस्टर...'' वह रुक गया।

''आनन्द...'' आनन्द जोशी के होंठों से पूरा नाम निकलते-निकलते रह गया, पूरा नाम निकल जाता तो वह सुधा के दिल में समाई अपनी सारी श्रद्धा तुरन्त खो देता। अदालत ने उसे सजा देते समय एक प्रतिलिपि सुधा को भेजी थी। उसमें उसका पूरा नाम होना आवश्यक था। उसने चिन्तित होकर सुधा को देखा।

सुधा ने उसका नाम सुना परन्तु उसके चेहरे पर किसी प्रकार का ऐसा चिन्ह नहीं उत्पन्न हुआ जो उसे चिन्तित करता। वह यह भी नहीं जान सकी कि उसका सहायक कुछ कहते-कहते रह गया है। आनन्द नाम उसके लिए अपरिचित था। आनन्द जोशी के साथ बाबा भगतराम भी सुधा को देख रहे थे-कुछ चिन्तित से। परन्तु फिर उन्हें तुरन्त याद आ गया कि जब अदालत से सुधा के नाम निर्णय की एक प्रतिलिपि आई थी तब उसकी आंखें बिल्कुल ही खराब हो चुकी थीं। इसीलिए उन्होंने स्वयं निर्णय पढ़ने के बाद सुधा को केवल इतना बताया था कि इंस्पेक्टर जोशी को उसकी भूल पर तीन वर्ष की सजा हो गई है और तब सुधा दिल की गहराई से कोसते हुए रो पड़ी थी कि उस हत्यारे को मृत्यु-दण्ड क्यों नहीं मिला? उन्होंने मन ही मन उस घड़ी को धन्य कहा जब बात वहीं समाप्त हो गई थी। उन्होंने आनन्द जोशी को देखा तो उसने एक अपराधी के समान फिर अपना मुखड़ा झुका लिया।

''ऐसा लगता है जैसे...'' सहसा पुलिस इंस्पेक्टर अपना अनुमान लगाते हुए सकुचाया। फिर बोला, ''आप खुद ही एक पुलिस अधिकारी हैं।''

''जी नहीं।'' आनन्द जोशी ने साफ इंकार किया। बोला ''मैं तो एक व्यापारी हूं पुलिस जैसी हरकत इसलिए करने लगता हूं क्योंकि अंग्रेजी की जासूसी किताबें आवश्कता से अधिक पढ़ चुका हूं।''

उसकी इस बात का विश्वास किसी भी पुलिस कर्मचारी को नहीं हुआ। अत्यन्त प्रभावोत्पादक कहानियां पढ़ने से मानव का स्वभाव बदल सकता है परन्तु उसके व्यक्तित्व में कभी अन्तर नहीं आता। आनन्द जोशी अपनी बातों से ही नहीं व्यक्तित्व से भी एक ऊंचा पदाधिकारी जान पड़ता था। उनके विश्वास की पुष्टि हो गई कि निश्चय ही यह व्यक्ति गुप्तचर विभाग का कोई अधिकारी है जो किसी भी अवस्था में उन्हें अपना परिचय नहीं देगा। पुलिस इंस्पेक्टर को भी ऐसा विश्वास था इसलिए उसने दोबारा उसके बारे में कुछ भी पूछना उचित नहीं समझा।

''इंस्पेक्टर साहब।'' सहसा आनन्द जोशी ने अपनी कलाई पर बंधी हुई घड़ी को देखते हुए कहा, ''अपराधी का बयान तो अब आप बाद में भी ले सकते हैं, कृपया हमारा बयान पहले लेकर हमें जाने की आज्ञा दीजिए।''

इंस्पेक्टर ने उसकी स्थिति देखी। रक्त के धब्बे कमीज को खराब कर चुके थे। इस नवयुवक को तो उसे पहले ही बयान लेकर छोड़ देना चाहिए था। परन्तु इसका उसे अफसोस नहीं हुआ। यह नवयुवक नहीं होता तो निश्चय ही वह उस अपराधी से दिल की बातें नहीं उगलवा सकता था। उसने कहा, ''क्यों नहीं? क्यों नहीं? आइये, पहले हम आप लोगों का ही बयान ले लेते हैं।'' पुलिस इंस्पेक्टर अपनी मेज की ओर बढ़ गया।

आनन्द जोशी ने अपने बयान में वही कहा जो उस पर इस घटना में बीता था। सुधा ने अपना नाम तथा मेरठ का पता बताने के बाद कहा कि वह इस शहर में अपनी आंखों के आपरेशन के लिए कल ही आई है और आज वापस लौटने वाली थी कि यह घटना उत्पन्न हो गई। अचानक अपना बयान देती हुई वह चौंक पड़ी। ''अरे बाबा।'' दृष्टि द्वारा अपने बाबा को टटोलकर उसने पूछा, ''हमारे कपड़ों का बक्स कहां है?''

''बक्स!'' बाबा ने भी अचानक चौंककर इधर-उधर देखा। घटनास्थल से लेकर अब तक उनका मस्तिष्क परेशानी में इतना व्यस्त था कि सुधा के पास अपना बक्स देखने का उन्हें ध्यान ही नहीं आया। उन्होंने आश्चर्य से कहा, ''परन्तु बक्स तो मैं तुम्हारे पास छोड़ गया था।''

''वह...वह....'' सुधा और चिन्तित हो उठी। बोली, ''राजा बेटा के खो जाने के बाद मैं इतना घबरा गई थी कि...'' वह खुद ही चुप हो गई।

''ओह!'' सहसा पुलिस इंस्पेक्टर ने सहानुभूति दिखाई। बोला, ''लगता है झगड़े का लाभ उठाकर कोई उचक्का उसे ले भागा। खैर, मैं रिपोर्ट लिख लेता हूं। पैसे तो उसमें नहीं थे?''

''थे-पूरे पैंसठ रुपये थे।'' बाबा की चिन्ता बढ़ गई।

घटनास्थल पर आनन्द जोशी के लिए सुधा को देखने के बाद उसके बक्स पर दृष्टि डालने का प्रश्न ही नहीं उठता था। उसे बक्स के खोने का इतना दुख नहीं हुआ जितना उसके बच्चे के मिल जाने की खुशी थी। कपड़े-लत्ते तथा पैसा दोबारा प्राप्त किया जा सकता है, परन्तु उसका बेटा हाथ से निकल जाता तो शायद कभी वापस नहीं मिलता। उसने सोच लिया, वह अपने पास से बाबा की सहायता कर देगा, यदि उन्होंने इंकार नहीं किया।

पुलिस इंस्पेक्टर ने बाबा भगतराम से कुछ आवश्यक प्रश्न पूछे और फिर तीनों को विदा कर दिया। थाने के बाहर तीनों ही एक साथ निकले और सड़क पर आकर ठहर गए। आनन्द जोशी ने भगतराम को देखा और फिर सुधा को। दोनों ही एक नई चिन्ता में डूबे हुए थे। आनन्द जोशी ने उनकी इस चिन्ता का कारण जानने का प्रयत्न किया-शायद उनके पास मेरठ जाने के लिए पैसा नहीं है-परन्तु साफ-साफ कुछ पूछकर उन्हें लज्जित करना भी उसने उचित नहीं समझा। उनका मन टटोलने के लिए उसने पूछा, ''बाबा, अब आप लोग कहां जायेंगे?''

''जहां हमारा दुर्भाग्य ले जाए।'' बाबा के बदले सुधा ने कहा, एक आह लेते हुए इस प्रकार मानो जीवन का बोझ उठाते-उठाते पूर्णतया थक गई हो।

आनन्द जोशी के दिल में टीस उठी। यह टीस उसके होंठों तक चली आई तो वह मानो खुद से ही बोल पड़ा, ''आप वास्तव में बहुत दुखी हैं।''

''मेरे सारे दुखों का जिम्मेदार केवल एक ही पापी है।'' सुधा ने आनन्द जोशी के दिल की स्थिति से अनभिज्ञ कहा। अपने पापी को कोसते हुए पति की याद में उसका गला भर आया। वह कह रही थी, ''उस पापी ने मेरे पति को मृत्युदण्ड दिला दिया वरना आज मेरे पास भी सब कुछ होता-घर-घर की सारी प्रसन्नतायें। मुझे ज्ञात होता कि अपने पति के वियोग में रो-रोकर मैं अंधी हो जाऊंगी तो आरम्भ से ही अपने बच्चे के लिए दिल पर पत्थर रख लेती। भगवान करे, वह पापी उसी जेल में सड़-सड़कर मर जाये।''

भगतराम ने बीच में हस्तक्षेप करना चाहा परन्तु सुधा तब तक अपना वाक्य पूरा कर चुकी थी। उन्होंने आनन्द जोशी को देखा, परन्तु कुछ समझ नहीं सके कि उससे क्या कहना चाहिए। सुधा की बात सुनकर आनन्द जोशी का चेहरा और गंभीर हो गया। उसकी पलकों के कोने भी बहुत हल्के से भीग गये। एक बार उसने भगतराम को देखा, फिर सुधा से पूछा, ''क्या उस पापी के मर जाने से आपके दिल को वास्तव में शान्ति पहुंच जायेगी?''

भगतराम आनन्द जोशी की बात सुनते ही कांप गये। आनन्द जोशी के स्वर में बलिदान का भार था। ऐसा न हो कि सुधा के दिल की शान्ति के लिए वह वास्तव में अपनी जान दे दे। सुधा के होंठ खुलने से पहले ही उन्होंने उसका ध्यान अपनी ओर आकृष्ट कर लिया। बच्चे की ओर हाथ बढ़ाते हुए बोले, ''ला बेटी, राजा बेटे को मैं संभाल लूं। तू थक गई होगी।''

''नहीं बाबा।'' सुधा अपने बच्चे को ठीक से कन्धे पर संभालती हुई सब कुछ भूल गई और बोली, ''अभी राजा बेटे को मेरे पास ही रहने दो। उस घटना के कारण मेरा दिल अब तक धक-धक कर रहा है। मेरे कलेजे का टुकड़ा खो जाता तो मैं वास्तव में पागल हो जाती। यूं भी इतना बड़ा दुख सहते-सहते बिल्कुल थक चुकी हूं।''

आनन्द जोशी ने सुधा की आंखों में झांका-उन आंखों में जिनके चारों ओर बड़ी-बड़ी पलकों का पहरा था, फिर भी आंखों की ज्योति उसका पापी चुरा ले गया था। उसने डरते-डरते पूछा, ''क्या इतने बड़े दुख में आप किसी को अपना साथी नहीं बना सकतीं? दुख बंट जाए तो हल्का हो जाता है।''

''कौन है इस संसार में जो मेरा दुख बांटेगा?'' सुधा ने निराशा की एक सांस ली। फिर बोली, ''मेरे दुर्भाग्य के कारण तो मेरे ससुराल वाले भी मुझसे घृणा करने लगे हैं। मां भी मेरे दुर्भाग्य पर आंसू बहाती-बहाती चल बसी। अब केवल बाबा ही हैं जिनके सहारे जी रही हूं।''

'हां बेटा।'' भगत राम ने कहा, ''मेरे अतिरिक्त इस संसार में इसका कोई भी नहीं है। इसीलिए चाहता था कि इसका इलाज करा दूं परन्तु...'' भगतराम चुप हो गये। दूसरों के आगे अपना दुखड़ा रोने से लाभ भी क्या?

आनन्द जोशी ने उनकी इस समय की स्थिति जानने के लिए बात छेड़ी थी ताकि उन्हें सहायता पहुंचा सके, परन्तु उसे उनके सारे ही दुखों का ज्ञान होता जा रहा था। यह उसके पक्ष में सिद्ध हुआ क्योंकि अब वह सुधा की अधिक सहायता करने की आशा कर सकता था। सुधा की सहायता करने के लिए उसके दिल में अपने आप ही इच्छाएं जागृत होती जा रही थीं। वह उसका पापी था। उसकी सहायता करके वह अपने दिल का रहा-सहा बोझ भी हल्का कर सकता था। ऐसा उसने दिल की गहराई से महसूस किया। उसने बहुत भेद भरे स्वर में पूछा, ''परन्तु..?''

''कुछ नहीं बेटा-कुछ भी नहीं।'' भगतराम ने बात छिपा ली।

आनन्द जोशी ने भगतराम को देखा तो उन्होंने अपनी दृष्टि तुरन्त फेर ली। उसने उनकी स्थिति समझी। एक बूढ़ा तथा निर्बल व्यक्ति-साथ में एक जवान विधवा बेटी-एक नन्हा बच्चा।

भगतराम तथा सुधा की वेशभूषा सादी ही नहीं, गरीबी की जीती-जागती कहानी थी। उसने पूछा, ''डाक्टर से मिले थे?''

''हां।'' भगतराम इंकार नहीं कर सके।

''कहने लगा कि आपरेशन करना पड़ेगा?''

''हां।''

''और आपरेशन के लिए पैसों का प्रबन्ध नहीं हो सकता?''

''हां-पांच हजार रुपये कम नहीं होते जबकि मैं एक साधारण...'' भगतराम बातों के बहाव में वास्तविकता उगल गए, परन्तु तभी चौंक पड़े। तुरन्त बोले, ''नहीं-नहीं...मेरा मतलब...'' उन्होंने बात संभाल लेनी चाही परन्तु भेद खुल चुका था इसलिए हारकर खामोशी धारण कर ली और फिर अपनी पलकें नीचे झुका लीं।

''आनन्द बाबू!'' सहसा सुधा ने कहा, ''आपको तो वास्तव में एक पुलिस इंस्पेक्टर या जासूस होना चाहिए था। कितनी आसानी से आपने बाबा के दिल का भेद बाहर निकाल लिया!''

''धन्यवाद।'' आनन्द जोशी को आशा बंधी तो उसने पूछा, ''सुधा देवी, अभी-अभी आपने कहा था कि कौन है इस संसार में जो आपके दुखों को बांटेगा?''

''जी हां-कहा तो था।'' सुधा ने अपनी पलकें झपकाईं।

''यदि मैं कहूं कि आपका दुःख...मैं बांटना चाहता हूं-तो?'' उसने डरते-डरते उसकी ज्योतिहीन आंखों में झांका।

''नहीं-नहीं।'' सुधा का दिल अचानक ही हल्के से कांप गया। इतनी सारी सहानुभूति एक अपरिचित व्यक्ति से एकदम प्राप्त करना कोई अच्छी बात नहीं थी। उसने कहा, ''ऐसा कैसे हो सकता है? आप जैसे देवता को मैं अपने दुःख का भागीदार कभी नहीं बना सकती। रहने दीजिए-रहने दीजिए, मुझे इसी प्रकार। मैं बिलकुल ठीक हूं और फिर मैं अपने दुःख में आपको सम्मिलित भी किस प्रकार कर सकती हूं जबकि हम आज ही मेरठ वापस जा रहे हैं? आंखों के आपरेशन का प्रश्न तो अब उठता ही नहीं।''

''प्रश्न क्यों नहीं उठता? आप मुझे अवसर देकर तो देखिए।'' आनन्द जोशी ने मानो भीख मांगी। उसने महसूस किया कि जिस अज्ञात शांति के लिए एक युग से उसका दिल तड़प रहा

था, संयोगवश वह इस समय उसके सामने उपस्थित है। इस शांति को खो देना जरा भी बुद्धिमानी नहीं थी। यह शांति उसे अपनी भूल की सजा पूरी करने के पश्चात भी नहीं प्राप्त हो सकी थी-शायद इसलिए कि सजा कम थी और भूल बहुत बड़ी। उसके बड़े-से-बड़ा पश्चाताप करने के पश्चात भी सुधा का पति जीवित होकर नहीं वापस आ सकता था, फिर भी उसे अधिक से अधिक सहायता पहुंचाकर वह उसका दुःख अवश्य कम कर सकता था, उसे जीने का सहारा दे सकता था और साथ ही अपनी अन्तरात्मा को भी संतुष्ट कर सकता था। अपने ध्येय में सहायता के लिए उसने बाबा भगतराम को देखा-बहुत आशा के साथ।

''अवसर देने से क्या होता है आनन्द बाबू?'' तभी सुधा ने कहा, ''यह आपरेशन तो रुपया चाहता है-पूरे पांच हजार और यदि आप हम पर दया करके इतने सारे रुपये देना चाहते हैं तो यह आपकी भूल है।''

सत्य के पुजारी ने जीवन में पहली बार महसूस किया कि इस संसार में सत्य ही सब कुछ नहीं है। झूठ के सहारे भी किसी के साथ भला करके मन का सन्तोष प्राप्त किया जा सका है। यह उसके अपने दिल की पुकार थी या सुधा के अन्दर छिपा हुआ कोई आकर्षण, वह ज्ञात नहीं कर सका। उसके पास सुधा के समीप रहकर उसकी सहायता करने का यही एक रास्ता था इसलिए उसने उसे आसानी से छोड़ना उचित नहीं समझा। उसने कहा, ''रुपये की बात कौन कर रहा है? यह आपरेशन तो बिल्कुल मुफ्त होगा-मेरे एक मित्र द्वारा, आपको शायद नहीं मालूम कि मेरा एक मित्र आंखों का बहुत अच्छा डाक्टर है।''

सुधा एक पल के लिए गहरे सोच में पड़ गई। क्या एक अजनबी से इतनी जल्दी घुल-मिलकर उसकी सहायता स्वीकार कर लेनी चाहिए? अजनबी? अजनबी कौन? आनन्द बाबू तो देवता हैं-देवता। क्या इस धरती पर देवता इसी प्रकार अपना दर्शन देते हैं-आये-झटपट सहायता की ओर चले गये? उसके समक्ष अपने राजा बेटे के भविष्य का भी प्रश्न था। आंखें आ गईं तो वह कोई छोटा-मोटा काम करके अपने बेटे को पढ़ा-लिखा देगी। उसके देवता के स्वर में जाने कौन-सा ऐसा अपनापन था कि उसकी बात से इंकार नहीं करते बन रहा था। साथ ही उसकी सहायता स्वीकार करते हुए भी उसे संकोच हो रहा था।

भगतराम ने आनन्द जोशी को बहुत आश्चर्य से देखा। उन्हें विश्वास था कि आनन्द जोशी अपने त्याग द्वारा सुधा का मन जीत लेना चाहता है ताकि अपनी भूल की पूरी-पूरी क्षमा प्राप्त कर सके। परन्तु उन्हें उसका अफसोस हुआ। वह जानते थे कि यदि वह सुधा के लिए अपनी जान भी दे देगा तब भी सुधा के मन में उसके प्रति समाई घृणा कम नहीं होगी। संसार की कोई

भी पतिव्रता स्त्री अपने सुहाग के हत्यारे को कभी क्षमा नहीं कर सकती। फिर भी आनन्द जोशी की महानता पर उनका दिल श्रद्धा से झुक गया। आज के युग में प्रायश्चित करना तो दूर की बात, कोई अपनी भूल भी स्वीकार नहीं करता।

''मैं ठीक कह रहा हूं बाबा...'' आनन्द जोशी ने भगतराम को भी विश्वास दिलाना चाहा।

भगतराम सोच में पड़ गये। बाक्स चोरी हो जाने के बाद अब मेरठ जाने के लिए भी उनके पास पैसे नहीं थे। किसी न किसी की सहायता तो उन्हें लेनी ही थी। परन्तु इस पराये देश में उनका था भी कौन? एक आनन्द जोशी ही उन्हें ऐसा व्यक्ति दिखाई पड़ा जो ऐसे आड़े समय में एक देवता का रूप लिए उनकी सहायता करने चला आया था। और जब इस देवता से सहायता लेनी ही है तो वह पूरी-पूरी सहायता क्यों न ले? सुधा की आंखें आ जाएं तो उनके दिल पर से चिन्ता का एक बहुत बड़ा बोझ उतर जायेगा। आंखें आ जाने के बाद सुधा अपने पापी देवता से कैसा व्यवहार करेगी, यह बात उन्होंने भगवान पर छोड़ दी। इस समय तो सुधा को आंखों की सख्त आवश्यकता थी। एक गहरी सांस लेकर उन्होंने सुधा का हाथ पकड़ा और स्वीकृति दे दी।

आनन्द जोशी ने बिना एक पल गंवाए टैक्सी रोकी। ड्राइवर के पीछे सुधा को बैठाया, उसके बगल में बाबा भगतराम को। वह खुद ड्राइवर की बगल में बैठा। रास्ते में भगतराम ने उसे अपने जीवन की कठिनाइयों से परिचित कराया, परन्तु ऐसी कोई बात नहीं कही जिसके कारण आनन्द जोशी खुद को जिम्मेदार समझकर लज्जित होता। फिर भी आनन्द जोशी जानता था कि उनकी सारी कठिनाइयों का जिम्मेदार वही है-और कोई नहीं। और इसीलिए कंधों से कुछ पीछे पलटते हुए वह उनकी बात सुनने के साथ-साथ सुधा को भी देख रहा था जो सिर झुकाए बहुत खामोशी के साथ गोद में लेटे अपने बच्चे पर आंखें बिछाए हुई थी, इस प्रकार मानो वास्तव में उसे देख रही हो। सुधा की साड़ी का आंचल ढलककर गोद में चला आया था। उसकी सफेद गर्दन दूध के समान चमक रही थी। लटों का एक लच्छा पीछे से उड़ते हुए उसकी छाती पर आकर बिखर गया था। लटों की दो परतें हवा के दबाव पर हल्के-हल्के कांपती हुई उसके कपोलों का चुम्बन ले रही थीं।

आनन्द जोशी ने गौर किया, इतने वर्षों निरंतर भादों के थपेड़े खाने के पश्चात् उसके शरीर में कहीं न कहीं यौवन का सहारा लिए वही पुरानी सुन्दरता छिपी हुई अब भी सुरक्षित है। इस सुन्दरता को उसकी आंखों ही ने नहीं, दिल ने भी पहचाना-पहचाना तो उसका दिल हल्के से धड़क भी गया। यह धड़कन कैसी है? जिसमें दर्द भी था और मिठास भी? क्या इसी धड़कन का नाम प्यार है? कितनी आसानी के साथ यह अनूठा प्यार सुधा की पल भर की समीपता लिए

उसके दिल में सदा के लिए समा गया था। उसने तुरन्त इरादा कर लिया-वह प्रयत्न करेगा-पूरा प्रयत्न करेगा कि सुधा के जीवन में एक बार फिर सावन की सुगन्धित प्रसन्नताएं वापस आ जाएं। सुधा का मन जीत लेना उसके लिए चुनौती बन गया जिसे स्वीकारने में उसने अपना गौरव समझा। परिस्थितियों के अनुसार अब उसे सुधा के सामने आनन्द बनकर रहने की आवश्यकता थी और उसने अपने आपको आनन्द बना लिया-केवल आनन्द।

***

आनन्द के बंगले में सुधा तथा बाबा को साथ रहते हुए दो सप्ताह से भी अधिक समय हो गया। इतने दिनों के अन्दर सुधा की स्थिति इस प्रकार सुधर गई जैसे पतझड़ में सूखते किसी पौधे को वर्षा की फुहार मिल गई हो। बंगले के लॉन में हरियाली बढ़ गई। फूलों की गिनती बढ़ी तो चारों ओर सुगन्धित वातावरण छा गया। आनन्द ने पहले ही दिन हरिया को सारी बातें समझाकर भेद में रहने का आदेश दिया था। हरिया अपने मालिक के दुखी दिल से परिचित था। अपने मालिक की शांति के लिए उसने अपनी जुबां पर ताला डाल लिया।

पहले ही दिन आनन्द सुधा तथा बाबा के लिए साधारण कपड़े खरीद लाया था। दिल में इच्छा अवश्य थी कि सुधा को एक से एक बहुमूल्य साड़ियों से संवारकर उसी प्रकार रखे जैसे उसने उसे जीवन में पहली बार देखा था, परन्तु बात अभी आरम्भ की थी इसलिए ऐसा पग उठाने से सुधा को किसी प्रकार का संदेह हो सकता था। उसके राजा बेटा के साथ घुल मिलकर आनन्द खेलता तो बिल्कुल बच्चा बन जाता। यही कारण था कि राजा बेटा अपनी मां से अधिक उसके साथ रहना पसन्द करने लगा था। आनन्द के कहने पर ही उसे वह 'अंकल' कहकर पुकारने लगा था। पिता को भी देखा नहीं था इसलिए पहली बार उसे जब आनन्द से पिता जैसा प्यार मिला तो वह सब कुछ भूल गया।

भगतराम बूढ़े तथा गमगीन आदमी थे। कब तक राजा के लिए कृत्रिम मुस्कान बिखेरते रहते? आनन्द उसके लिए रोज ही कोई न कोई नया खिलौना अवश्य ले आता था। सुधा अपने बच्चे की तोतली जबान से खिलौने का नाम सुनती तो चुप रह जाती। दिल नहीं चाहता था कि उसके लिए कोई इतना सब करे। परन्तु प्रेम से दी हुई वस्तु के लिए तो इंकार भी नहीं किया जा सकता। आनन्द का व्यवहार ही ऐसा था। इसके विपरीत उसके मन में उसके प्रति एक अलग ही श्रद्धा बढ़ती जा रही थी। यह श्रद्धा उस समय और गहरी हो गई जब एक दिन बाबा भगतराम ने उसे समाचार पत्र पढ़कर बताया कि जिस गिरोह के व्यक्तियों ने उसके बेटे को अपहृत करने का प्रयत्न किया था उस गिरोह पर पुलिस ने छापा मारकर एक-एक व्यक्ति को गिरफ्तार कर लिया

पापी देवता 63

है। गिरोह का धंधा कई वर्षों से यही चल रहा था कि बच्चों का अपहरण करके उनकी आत्माओं में देश-द्रोह के कीटाणु भरे जाएं। लड़के बड़े होकर देश की शांति भंग करें तथा लड़कियां एक विदेशी सरकार के लिए जासूसी। यह गिरोह एक विदेशी सरकार से इस काम के लिए बहुत बड़ी धनराशि प्राप्त कर रहा था।

सुधा ने बाबा के होंठों से सारी बातें सुनीं तो कांपकर अपने लाड़ले को छाती से लगा लिया। यदि उसका बेटा अपहृत हो जाता तो बड़ा होकर कितना गन्दा काम करता। आनन्द के पग छूने के लिए उसका दिल बेचैन हो उठा। अपनी बहादुरी के द्वारा आनन्द ने उसके दिल के टुकड़े को ही नहीं बचाया, बल्कि देश की भी एक बहुत बड़ी सेवा की है। आनन्द की शरण में उसने अपने आपको बहुत सुरक्षित महसूस किया। उसकी वह सारी ही झिझक मिट गई जो आनन्द के साथ इस घर में पहली बार आते समय हुई थी। बल्कि जब आनन्द घर में नहीं होता तो उसे ऐसा लगता मानो पूरा घर सूना-सूना है। परन्तु आनन्द के घर में बाबा भगतराम पर कुछ और ही प्रभाव पड़ा। आनन्द के घर आते समय उन्हें यह आशा बिल्कुल भी नहीं थी कि वह इतने ऊंचे घराने से संबंध रखता है और यही कारण था कि उसके बंगले में रहते हुए वह कुछ-कुछ हीन भावना का शिकार हो गये।

शायद सुधा पर भी कुछ ऐसा ही बीतता, यदि वह अपनी आंखों से आनन्द का रहन-सहन देख सकती होती। देख सकती होती तो यहां आने का प्रश्न ही नहीं उठता था। हीन-भावना का शिकार होकर बाबा भगत राम ने आनन्द से अपना वह दुखड़ा भी कह सुनाया जो अब तक छिपा रखा था-मकान गिरवी रखा है-पांच वर्ष में नहीं छुड़ाया तो महाजन सूद समेत अपना रुपया लेने के लिए मकान नीलाम कर देगा। दामाद के मुकदमे में खर्च करने के लिए जो पैसा उन्होंने किरायेदारों से लिया था उसमें दुकानें भी हाथ से निकल जायेंगी-इत्यादि-इत्यादि। आनन्द ने उनकी कहानी सुनी और इसी निश्चय पर पहुंचा कि यह केवल एक संयोग था जो सुधा को उसके समीप ले आया। उसने इस संयोग को धन्य कहा और एक सुहाने स्वप्न में डूब गया। उसके दिल ने प्यार की वह मिठास प्राप्त की जिसके लिए वह कभी किरण का विचार करके तरसता था। प्यार किन परिस्थितियों में किससे, कब और कहां हो जाता है, कोई नहीं जानता।

बंगले में कमरे इतने थे कि आनन्द ने एक कमरा सुधा को दे दिया तथा उसके बगल वाला बाबा को। बाबा के कमरे के दरवाजे के बिल्कुल सामने एक गैलरी के बाद उसके अपने कमरे का दरवाजा था तथा सुधा के दरवाजे के सामने उसके अपने कमरे की खिड़की। सभी दरवाजों पर परदे थे। यदि सुधा के दरवाजे का परदा सरका होता तो वह अपनी खिड़की से उसे अच्छी तरह देख सकता था। सुधा अपने कमरे का दरवाजा केवल रात में सोते समय ही बंद करती थी।

बिलकुल एक कुटुम्ब के सामान जब दिन या रात का खाना खाने के बाद कुछ समय के लिए तीनों बड़े कमरे में इकट्ठा बैठते तो अधिकांश आनन्द ही बातें करता रहता। सुधा से बातें करने का कोई विषय नहीं मिलता तो राजा से ही बातें करते लगता, परन्तु उसकी दृष्टि सुधा पर ही चिपकी रहती। समीप बैठकर अखबार या पत्रिका पढ़ते-पढ़ते भगतराम पलकें उठा कर चश्मे के अन्दर से उसे देखते-बहुत कुछ समझने का प्रयत्न करते-समझते भी, परन्तु फिर भी एक आह भरकर दोबारा पलकें झुका लेते। कुछ समझ में नहीं आता कि क्या करें? आनन्द की बातों से सदा यही प्रकट होता कि वह अपनी भूल का पश्चात्ताप ही नहीं कर रहा है, बल्कि उसे सुधा से प्यार भी हो गया है-निःस्वार्थ प्यार। सुधा की मजबूरी से वह कोई लाभ नहीं उठाना चाहता, वरना एक अन्धी लड़की का सम्मान कब तक एक निर्बल तथा बूढ़े व्यक्ति के साथ सुरक्षित रह सकता था।

आनन्द की शरण में जब उन्हें सुधा का जीवन सुरक्षित दिखाई पड़ता तो वह बहुत गहरी सोच में पड़ जाते। वह सोचते कि काश, सुधा का दिल भी आनन्द की ओर आकृष्ट हो जाए तो कितना अच्छा होगा! सुधा अपना पिछला गम भूलकर एक नया जीवन प्राप्त कर सकती है। यह जीवन निश्चय ही उसे केवल आनन्द से मिल सकता है। अपनी एक भूल के कारण आनन्द सदा ही सुधा के पगों में प्रसन्नताओं का ढेर एकत्र करता रहेगा। परन्तु फिर एक अज्ञात भय का आभास करके उनका दिल उदास भी हो जाता। आनन्द के प्रति वह सोचते कि क्या मन का यह सच्चा देवता सदा सुधा को धोखा देकर इसी प्रकार अपने दिल का सन्तोष तथा सुधा की प्रसन्नताएं स्थिर रख सकेगा। सुधा ने केवल अपनी आंखों का आपरेशन कराने के लिए ही आनन्द के घर में शरण ली है और वह आज नहीं तो कल आपरेशन के लिए आनन्द से अवश्य कहेगी। कब तक वह इसी प्रकार एक पराए व्यक्ति के घर में अपाहिज समान बैठना पसन्द करेगी? आनन्द के बारे में वह उसे कुछ भी तो नहीं बता सकते। उन्होंने आनन्द का त्याग तथा सुधा के विश्वास का परिणाम भगवान के ऊपर छोड़ दिया। अब तो जो होना है, वह होकर ही रहेगा।

एक दिन शाम के समय आनन्द अपनी बातों द्वारा सुधा का मन बहला रहा था। सुधा भी उसकी बातों में पूरी रुचि ले रही थी इसलिए बाबा भगतराम ने उनके मध्य से हट जाना ही अच्छा समझा। उन्होंने राजा का हाथ पकड़ा और उसे घुमाने के बहाने बाहर ले गए। यदि सुधा के दिल में आनन्द का स्थान बन गया तो वह प्रयत्न करेंगे कि सुधा की आंखों का आपरेशन न हो तथा आनन्द की वास्तविकता भेद में ही रहे। सुधा के साथ यह अन्याय था परन्तु इसी में उसके जीवन की सुख-शांति तथा उसके बेटे का उज्ज्वल भविष्य सुरक्षित था। इसी में आनन्द की भी भलाई थी। किसी को जानकर नफरत करने से तो अच्छा है कि उसको अनजाने में ही प्यार किया जाए। प्यार हर अवस्था में घृणा से बहुत ऊंचा स्थान रखता है।

सहसा आनन्द बात करते-करते खामोश हो गया। खामोश होकर सुधा की उभरती सुन्दरता में इस प्रकार खो गया मानो अचानक ही उसने उसके अन्दर बहुत बड़ा परिवर्तन देख लिया था।

बिना कोई आहट किए वह उसके समीप आकर खड़ा हो गया-बहुत समीप-और उसे देखने लगा। सुधा ने लटों को खींचकर बिल्कुल साधारण ढंग से संवारा था। मांग सूनी, न ज्योतिहीन आंखों में काजल, न कपोलों पर मुस्कान की लालिमा। फिर भी उसका यौवन सुन्दरता की अंगड़ाई ले चुका था। उसका रंग खिल उठा था। रंग के साथ शरीर का उभार निखर आया था- बहुत तेजी के साथ। जिस प्रकार एक लड़की को बचपन से जवानी में पग रखते देर नहीं लगती, उसी प्रकार सुधा की ढलती जवानी को भी वापस आने में समय नहीं लगा था। उसके दिल में सुधा की छवि और गहरी हो गई।

''आप यहीं हैं या...चले गये?'' इतनी देर की खामोशी के बाद जब सुधा को उसके चले जाने की चाप नहीं सुनाई पड़ी तो उसने पूछ लिया।

''चला गया।'' आनन्द ने बिना किसी आहट के पीछे हटकर कहा और हल्के-से मुस्करा दिया।

सुधा के होंठों पर भी एक मुस्कान चली आई-एक बहुत ही हल्की-सी मुस्कान, जिसकी मिठास का अहसास उसे एक युग के बाद हुआ तो वह तुरन्त ही फिर गंभीर हो गई, इस प्रकार मानो उसे मुस्कराने का जरा भी अधिकार नहीं था। वह विधवा है और एक भारतीय विधवा के जीवन में मुस्कान का स्वप्न भी आना पाप है।

यह क्रम कई बार चला। जब भी आनन्द को सुधा के साथ अकेले में रहने का अवसर मिला तो वह बस बातें करते-करते खामोश होकर उसकी दिन-प्रति-दिन उभरती हुई सुन्दरता में डूब गया और जब सुधा को वातावरण की खामोशी में भेद-भरी सांसों का अहसास होता तो वह पूछ बैठती, ''आप हैं या...चले गये?''

आनन्द का भी एक ही उत्तर, ''चला गया।''

और तब सदा के समान सुधा मुस्कराते-मुस्कराते फिर गंभीर हो जाती। एक विधवा को मुस्कराने का क्या अधिकार है? उसे तो अपना शेष जीवन पति के वियोग में सिसक-सिसककर बिता देना चाहिए।

परन्तु जब आंखों के आपरेशन की प्रतीक्षा में सुधा के कुछ दिन और बीत गए तो उसे मानो अपने आपसे डर लगने लगा। उसे ऐसा लगा जैसे आनन्द के साथ रहकर वह अपने पवित्र प्रेम की अग्नि परीक्षा में सफल नहीं उतरेगी। आनन्द के व्यवहार से वह इतना प्रभावित थी कि उसने उसे याद दिलाना उचित नहीं समझा कि वह इस घर में क्यों रह रही है? परन्तु शीघ्र ही बाबा से यह बात छेड़ने का इरादा उसने अवश्य कर लिया।

दूसरे दिन आनन्द सुबह लगभग दस बजे निकला। उसे कुछ न कुछ काम से रोज ही बाहर जाना पड़ता था, परन्तु अब तक वह किसी एक व्यापार को करने के निर्णय पर इसलिए नहीं पहुंच सका था क्योंकि उसकी प्रसन्नताएं दुविधा में थीं। फिर भी उसे कुछ न कुछ तो अवश्य करना ही था इसलिए प्रयत्न अवश्य कर रहा था, परन्तु इसकी उसे कोई जल्दी नहीं थी। उस दिन सुबह से ही वातावरण कुछ भीगा-भीगा सा था। हल्की-हल्की हवाएं चल रही थीं। ऐसा लगता था मानो कहीं दूर वर्षा हुई है-या होने वाली है। कहीं दूर बादलों की गरज सुनाई पड़ जाती थी। आनन्द के जाने के बाद सुधा अपने कमरे में अकेले रह गई तो बाबा उसके पास आकर आरामकुर्सी पर बैठ गए। उनके पगों की चाप से वह भली-भांति परिचित थी। तब उसके राजा बेटे को घुमाने के बहाने हरिया सब्जी लेने के लिए अपने साथ बाहर ले गया था। सुधा को एकान्त में अपने बाबा से दिल की बात कहने का अवसर मिल गया।

‘‘बाबा।’’ सुधा ने सावधानी बरतते हुए अगल-बगल आहट ली और कहा, ‘‘मेरी आंखों का आपरेशन कब होगा?’’

उसका प्रश्न सुनकर बाबा मौन रह गये। कुछ समझ में नहीं आया कि क्या उत्तर दें। आंखों के आपरेशन के पक्ष में वह स्वयं भी नहीं थे। वो सोचते थे कि आंखों का आना सुधा के सुखी जीवन के हित में कभी नहीं होगा। उन्हें यह विश्वास था कि आनन्द इतनी आसानी के साथ सुधा को उसकी ज्योति वापिस दिलाकर अपनी पहचान देना स्वीकार नहीं करेगा। ऐसा न हो कि सुधा के दिल में समाई श्रद्धा फिर नफरत में बदल जाए।

‘‘बाबा।’’ सुधा ने बाबा की खामोशी में चिन्ता महसूस की तो फिर अपना प्रश्न दोहराना चाहा।

‘‘उसे आने दे बेटी, मैं पूछकर बताऊंगा।’’ बाबा ने उसे टाल दिया।

उस दिन काफी समय बीतने के बाद भी आनन्द नहीं आया। हरिया बहुत पहले लौट आया था और इस समय राजा सुधा के समीप फर्श पर बैटरी की मोटर चलाते हुए खेल रहा था। फिर भी सुधा को जाने क्यों एक उकताहट-सी महसूस होने लगी। आनन्द रहता था तो उससे न सही उसके बेटे से ही सदा बातें करता रहता था और इसीलिए घर की रौनक स्थिर रहती थी। इतनी देर बाद भी वह नहीं आया तो से पूरा बंगला सूना लगने लगा। भगतराम अब तक उसके कमरे में बैठे हुए एक पत्रिका पढ़ने में तल्लीन थे। आनन्द ने उनके लिए अनेकों धार्मिक तथा राजनैतिक पत्रिकाओं का प्रबन्ध कर दिया था। सहसा दीवार पर टंगी घड़ी ने एक का घंटा बजाया।

‘‘एक बज गया क्या?’’ सुधा ने पूछा।

‘‘नहीं-डेढ़ बजे हैं।’’ भगतराम ने एक बार घड़ी पर दृष्टि उठाई और फिर पत्रिका में डूब गये।

‘‘अभी तक आनन्द बाबू नहीं आए?’’

‘‘नहीं।’’ भगतराम ने सुधा को गौर से देखा। आनन्द के लिए सुधा का चिंतित होना उन्हें पसन्द आया।

तभी हरिया ने कमरे में प्रवेश किया। राजा को उसने गोद में उठा लिया और सुधा तथा भगतराम, दोनों ही से बोला, ‘‘मालिक की आज्ञा है कि कभी उन्हें आने में देर हो जाए तो आप लोगों को खाना खिला दिया करूं। खाना मेज पर लग चुका है।’’

सुधा ने आनन्द को आज पहली बार खाने के समय अनुपस्थित पाया था। इस घर की वह मेहमान है। जिसकी मेहमान है, वही घर में न हो तो वह किस प्रकार खाना खा सकती है? उसने कहा, ‘‘आनन्द बाबू को आने दो, खाना हम सब इकट्ठे ही खायेंगे।’’

हरिया कुछ झिझका। उसने नन्हे राजा को देखा। फिर बोला, ‘‘यदि आप आज्ञा दें तो मैं राजा भैया को ही खाना खिला दूं।’’

सुधा ने आज्ञा दे दी। हरिया चला तो सुधा ने सोचा, आनंद बाबू उसका कितना अधिक ध्यान रखते हैं! इतना अधिक ध्यान तो कोई अपना सगा भी नहीं रखता। उसे आनन्द में कोई गलत रुचि नहीं थी, फिर भी उसके दिल के अन्दर आनन्द के व्यक्तिगत जीवन के बारे में सब कुछ जाने लेने की इच्छा बढ़ने लगी तो उसने पूछा, ‘‘बाबा, आनन्द बाबू का व्यापार क्या है?’’

‘‘कुछ पता नहीं बेटी।’’ भगतराम ने पत्रिका बंद की और सुधा की रुचि में रुचि लेते हुए बोले, ‘‘जो हम पर इतना दयालु है उसकी व्यक्तिगत बातें पूछते हुए भी तो डर लगता है।’’

सुधा एक पल चुप रही। परन्तु उसका दिल जाने क्यों अपने देवता के बारे में सब कुछ जानने के लिए अधीर हुआ जा रहा था। जब मानव को भगवान मिल जाता है तो मानव भगवान की बिल्कुल सही तस्वीर को अपने दिल के अन्दर उतार लेना चाहता है। उसने पूछा, ‘‘अच्छा बाबा, आनन्द बाबू जितने दयालु हैं क्या देखने में भी वैसे ही लगते हैं?’’

‘‘उससे भी अच्छे लगते हैं।’’ भगतराम ने कहा, आनन्द बाबू का व्यक्तित्व उनके दिल का दर्पण है।’’ एक पल के लिए भगतराम का दिल चाहा कि वह सुधा के समक्ष आनन्द की वास्तविकता व्यक्त कर दें। परन्तु अभी उचित समय नहीं आया था। सुधा के दिल में अपने देवता

के लिए कितनी ही श्रद्धा हो, परन्तु इससे कहीं अधिक घृणा वह अपने पापी से करती थी। यदि सुधा को आनन्द की वास्तविकता ज्ञात हो गई तो वह उसके द्वारा अपनी आंखों का आपरेशन भी नहीं करायेगी। आंखों के आपरेशन के बाद भी यदि उसे आनन्द की वास्तविकता का ज्ञान हुआ तो वह अपनी आंखें फोड़ डालेगी और तब एक अच्छा-बड़ा तूफान खड़ा हो जायेगा। फिर वह अपने पापी के साथ उससे भी घृणा करने लगेगी। वह उस व्यक्ति का अहसान किस प्रकार ले सकती है जिसके सर उसके पति की हत्या है, जो उसकी सारी बरबादियों का जिम्मेदार है? पाप का दण्ड यदि पैसे से चुकाया जाता तो इस संसार में सभी पापियों को मुक्ति मिल जाती। उन्हें अपना पहले का विचार उचित ही लगा। सुधा की आंखों का आपरेशन कभी न हो तथा आनन्द की वास्तविकता सदा भेद में रहे। इसी में सबकी भलाई है। उन्होंने खामोशी धारण कर ली।

तभी पोर्टिको में एक टैक्सी आकर रुकी। आनन्द आ चुका था। भगतराम ने एक बार घड़ी पर दृष्टि उठाई और फिर आनन्द की प्रतीक्षा करने लगे।

'लंच' के मध्य आनन्द ने बताया कि वह एक नई 'फर्म' में एक छोटा 'शेयर' खरीद रहा है। व्यापार चल गया तो लाभ ही लाभ है। उसने और भी बहुत-सी बातें कीं परन्तु आपरेशन के बारे में कुछ नहीं बताया तो सुधा उदास हो गई। फिर भी वह कुछ पूछने का साहस नहीं कर सकी। परन्तु उसे आशा थी कि उसके बाबा आपरेशन की बात अवश्य छेड़ेंगे। परन्तु उन्होंने भी कुछ नहीं कहा तो उसे अपने आपको तसल्ली देनी पड़ी, यह सोचकर कि बाबा शायद अकेले में आनन्द बाबू से आपरेशन की बात करना चाहते हैं। एक तरह से यह विचार उसे उचित ही लगा।

रात के खाने के बाद जब सदा के समान कुछ देर के लिए सब बैठक में बैठे तो ठण्ड बढ़ चुकी थी। सुबह का भीगा वातावरण अब वर्षा की हल्की-हल्की फुहार में परिवर्तित हो चुका था। बादलों की गरज के साथ कभी-कभी बिजली भी कड़ककर कौंध जाती थी। आनन्द के हाथ में काफी का प्याला था। सुधा और बाबा काफी नहीं पीते थे इसीलिए आनन्द ने उनके लिए दूध का प्रबन्ध कर दिया था जिसे वे पलंग पर लेटने से कुछ देर पहले ही पीना पसन्द करते थे। राजा आनन्द के समीप खड़ा था जिसे वह तस्तरी में थोड़ी-सी काफी निकालकर छोटी-छोटी चुस्की दे देता था। राजा काफी का स्वाद पाने के बाद कड़वा-सा मुंह बनाता तो आनन्द इसका खूब आनन्द उठाता। राजा की इस बात का आनन्द बाबा भी उठा रहे थे, परन्तु सुधा इसे देखने को तरस रही थी। फिर भी वह खुश थी। उसके दिल के टुकड़े की खुशी ही उसकी अपनी खुशी थी।

इन्हीं बातों में काफी देर हो गई तो अचानक समीप ही सुधा के कमरे में घड़ी ने घण्टे बजाये। सुधा ने घण्टे गिने-ठीक नौ बजे थे। उसने राजा को सुला देना चाहा। बच्चों का देर से सोना उसके स्वास्थ्य के लिए हानिकारक है। परन्तु उसके बुलाने पर भी नन्हा राजा उसके पास नहीं आया।

''मैं नहीं आऊंगा।'' वह अपनी तोतली जुबान में मिनमिनाया।

''क्यों?'' सुधा ने आनन्द के प्रति उसका प्रेम जानकर भी पूछा।

''तुम कहती थीं मेरा बापू आयेगा-बापू आता नहीं इसलिए हम अंकल को नहीं छोड़ेंगे।'

सुधा गंभीर हो गई। भगतराम के मुखड़े पर भी चिन्ता गंभीर छाया बनकर छा गई। आरंभ में राजा को अपने बापू की कमी नहीं महसूस हुई थी पर परन्तु इधर आठ-दस-महीने जब कुछ बड़ा होकर वह पड़ोस के बच्चों के साथ खेलने लगा था तो उसे अपने बापू की कमी महसूस होने लगी थी और इसीलिए तब सुधा उसे झूठा सन्तोष देने पर विवश थी। परन्तु वह कब तक इस झूठे सन्तोष के सहारे सब्र करता? उसे उसके बाप के स्थान पर जब आनन्द मिल गया तो उसने अपने दिल की बात कहने में जरा भी संकोच नहीं किया।

''मां!'' अचानक राजा के नन्हे से मस्तिष्क को जाने क्या सूझा तो उसने बहुत भोलेपन से कहा, ''तुम अंकल को मेरा बापू क्यों नहीं बना देतीं?''

सहसा बादल की गरज के साथ बहुत जोर की एक बिजली कड़की। कड़क के साथ ही कौंध खिड़की द्वारा बैठक के अन्दर तक चली आई तो अन्दर की जलती ट्यूब लाइट मद्धिम पड़ गई। आनन्द ने देखा, सुधा एक झटके से खड़ी होकर चीख पड़ी थी, ''राजा!'' परन्तु उसकी चीख बिजली की कड़क में डूबकर रह गई। उसका मुखड़ा अचानक सफेद पड़ गया था। वह कांप रही थी क्रोध से, कुछ कहना चाहती थी, परन्तु उसके दिल में उठे तूफान के समान बादल अब तक गरज रहा था। मन मारकर वह पैर पटकती हुई अपने कमरे की ओर बढ़ गई। इतने दिनों में उसे इस बंगले के दरवाजों का अच्छा-भला ज्ञान हो चुका था।

राजा ने अपनी मां से ऐसी सख्त डांट पहली बार सुनी थी। कांपकर वह आनन्द से लिपट गया, इस प्रकार कि आनन्द के हाथ से काफी का प्याला छूटते-छूटते बचा। काफी के कुछ छींटे उसके कपड़ों को खराब कर गये। भगतराम ने आनन्द को देखा फिर राजा को भी। राजा ने उनके दिल की बात कह दी थी परन्तु उन्होंने कुछ कहा नहीं। वह उठकर धीमे पगों से अपने कमरे की ओर बढ़ गये।

उस रात अपने पलंग पर लेटने के बाद आनन्द को बहुत देर तक नींद नहीं आई। सुधा के व्यवहार का उसने जरा भी बुरा नहीं माना। उसकी मजबूरी को वह समझता था। राजा को सबके

सामने ऐसी बात नहीं कहनी चाहिये थी। परन्तु वह बच्चा था। किसी के दिल का हाल वह क्या जाने! परन्तु फिर भी आनन्द के मन में एक प्रश्न बार-बार उठ रहा था। क्या सुधा अपने दिल में किसी को वह स्थान कभी नहीं देगी जो उसके पति का है? क्या सुधा का मन वह कभी नहीं जीत सकेगा? और यदि उसका मन जीत भी लिया तो क्या उसकी वास्तविकता जानकर वह उसे क्षमा कर सकेगी? वह उसके पति का हत्यारा है। उसकी बरबादियों का जिम्मेदार है।

उसकी अन्तरात्मा कब तक यह बात स्वीकार करेगी कि अपना वास्तविक व्यक्तित्व छिपाकर वह सुधा का दिल बहलाता रहे? उसके पाप का प्रायश्चित तभी पूरा होगा जब सुधा उसका वास्तविक रूप पहचानकर ही उसे क्षमा करे। और उसका प्यार उस समय सार्थक होगा जब सुधा सब कुछ भूलकर उसे स्वीकार कर ले, अपने हृदय में वह स्थान दे जो उसके पति का भी नहीं था। परन्तु यह एक बिलकुल ही अनहोनी बात थी जिसे होनी बनाने के लिए उसका दिल पहले ही पग उठा चुका था। उसका प्रयत्न सफल होगा या नहीं, इसका अनुमान वह नहीं लगा सका, परन्तु उसके इरादे नेक थे इसलिए मन को प्यार में सफल होने की आशा बंधी रही। बहुत देर बाद जब उसे नींद आने लगी तो उसने सुधा की छवि को अपनी आंखों में कैद करके बोझिल पलकों का ताला बन्द कर दिया ताकि सपने में भी वह उसका साथ प्राप्त करता रहे।

सुबह जब वह भगतराम के साथ नाश्ते पर बैठा तो सुधा नहीं आई। भगतराम को यह बात अच्छी नहीं लगी। इस घर में वे लोग मेहमान हैं। इधर घर के मालिक से नाराज होने का अधिकार उनमें से किसी को नहीं। इसीलिए वह सुधा को स्वयं बुलाने चले गये। परन्तु सुधा तब भी नहीं आई। हां, अपने बेटे को अवश्य भेज दिया। भगतराम ने आनन्द से सुधा के न आने की क्षमा मांगनी चाही परन्तु कुछ बोले नहीं।

आनन्द उनकी विवशता समझता था इसलिए चुप ही रहा। सुधा के न आने का कारण उसे ज्ञात था। उसके पास आंखें नहीं हैं फिर भी उस व्यक्ति के सामने वह किस प्रकार पलकें उठा सकती हैं जिसके लिए उसके बेटे ने एक अनुचित बात कह दी हो? राजा को उसने अपने समीप बिठा लिया और उसके साथ मुस्कराने का प्रयत्न करते हुए नाश्ता करने लगा। सुधा का नाश्ता हरिया उसके कमरे में पहुंचा आया था।

नाश्ते के कुछ देर बाद आनन्द बाहर चला गया। जिस 'फर्म' के वह 'शेयर' खरीद रहा था, उसके लिए कुछ न कुछ तो कार्यवाही करनी ही थी। परन्तु अवसर निकालकर वह लंच के लिए समय से पहले ही बंगले लौट आया। सुबह के नाश्ते पर सुधा की अनुपस्थिति ने उसके दिल के अन्दर तड़प उत्पन्न कर दी थी। इसीलिए अब वह 'लंच' के समय उसकी समीपता बिलकुल

नहीं खोना चाहता था परन्तु जब सुधा ने लंच पर भी साथ नहीं दिया तो उसके दिल को ठेस लगी। जब कोई वस्तु मिलने के बाद बिछड़ती है तो दिल को बहुत दुख होता है। उसे ऐसा लगा मानो सुधा उससे बहुत दूर चली गई है। उसके मन में निराशा की हल्की-सी छाया रेंग गई। क्या वह सचमुच सुधा का मन नहीं जीत सकेगा? अभी जब वह उसकी वास्तविकता नहीं जानती है तब यह हाल है। जब वास्तविकता का ज्ञान हो जायेगा तब क्या होगा? नफरत-केवल नफरत-असीमित नफरत।

सुधा की दूरी का अहसास करके वह दो कौर से अधिक अपने मुंह में नहीं डाल सका और कुर्सी पर से उठ गया तो भगत राम को उसकी अवस्था समझते देर नहीं लगी। उन्हें अफसोस हुआ। परन्तु वह कर भी क्या सकते थे? सुबह आनन्द के जाने के बाद वह सुधा को समझाते-समझाते थक चुके थे। परन्तु सुधा का एक ही उत्तर था-यदि दो एक दिन के अन्दर उसकी आंखों का आपरेशन नहीं होता तो वह इस बंगले को छोड़कर सदा के लिए चली जायेगी। राजा की भोली-भाली बात के बाद आनन्द बाबू के सामने वह पलकें भी उठाना पाप समझती है। मन मारकर भगतराम चुप हो गये थे।

उस दिन 'लंच' पर भगतराम ने भी बहुत कम खाना खाया। आनन्द का मन उदास था इसलिए राजा को वह अपने साथ ले गए। अपने पलंग पर लेट गए और राजा को समीप बैठा लिया। बातों द्वारा उसका मन बहलाने लगे।

आनन्द कुछ देर तक अपने पलंग पर बैठा रहा-बहुत खोया-खोया-सा। उसके कानों में बाबा भगतराम तथा नन्हे राजा का स्वर सुनाई पड़ा था परन्तु उसका मन सुधा के विचारों में कहीं और भटक रहा था। सुधा की पल भर की दूरी ने ही उसे विश्वास दिला दिया था कि यदि वह इस घर को छोड़कर चली गई तो उसका जीना कठिन हो जायेगा। सुधा उसकी एक-एक सांस में प्यार बनकर समा गई थी।

आज सुबह से जब सुधा से उसकी एक भी बात नहीं हो सकी तो यह प्यार दीवानगी का रूप धारण करने लगा। उसका दिल सुधा से मिलने के लिए तड़प उठा। परन्तु उसने अपने आपको काबू में किया। ऐसी स्थिति में सुधा से मिलकर वह बात क्या करेगा? सुधा पर इतनी जल्दी अपने दिल का हाल प्रकट कर देना उचित नहीं था। सुधा का मन जीतने के लिए उसे धीमे-धीमे पग उठाना था-बहुत संभल-संभलकर। एक पग भी गलत पड़ जाने से उसके प्यार की सारी तपस्या नष्ट हो सकती थी। आखिर एक ही घर में सुधा कब तक उससे दूरी बरत सकती है? उसने आशा कर ली, आज नहीं तो कल, कल नहीं, तो परसों, सुधा के साथ उसकी बोल-चाल अपने

आप ही आरम्भ हो जायेगी। आखिर आंखों का आपरेशन भी तो सुधा को उसी के द्वारा कराना है। कुछ देर लेटकर आराम करने के लिए उसने अपना स्वेटर उतारा और खिड़की के समीप आकर खूंटी पर टांग दिया। दिल के अन्दर सुधा को देखने की इच्छा उत्पन्न हुई तो वह एक पग बढ़ाकर खिड़की पर चला आया। उसने सामने के कमरे में झांककर देखा, दरवाजे का पर्दा सरका हुआ था तथा सुधा अपने पलंग पर बहुत खामोश बैठी हुई थी। सुधा के कान इस प्रकार चौकन्ने थे मानो वह बगल के कमरे से आती अपने बेटे की बात बहुत ध्यान से सुन रही थी।

''मां कह रही थी, कि वह मुझसे गुस्सा है।'' भगतराम के कमरे में उसके राजा बेटा ने अपने तोतले स्वर में कहा था, ''वह हमसे बिलकुल भी बात नहीं करेगी।''

''अच्छा!'' उसके बाबा का स्वर था, ''तो उसने तुमसे बात नहीं की?''

'बात की थी।'' राजा का स्वर अचानक ही भीग गया। उसने कहा, ''और फिर रो-रोकर कहने लगी कि मेरा बापू अब कभी नहीं आएगा। उसको एक हत्यारे ने जान से मार दिया है।''

भगतराम का कोई भी स्वर नहीं सुनाई पड़ा।

''मैंने मां को चुप कर दिया।'' एक पल बाद फिर नन्हा राजा कह रहा था, ''मैंने कह दिया, जब मैं खूब बड़ा हो जाऊंगा तो अपने बापू के हत्यारे को जान से मार दूंगा।''

आनन्द के दिल को ठेस लगी। घृणा का यह बीज सुधा में ही नहीं, उसके बच्चे में भी उपस्थित है। उसने प्रण कर लिया कि घृणा के इस बीज को पनपने से पहले ही वह जड़ से उखाड़ फेंकेगा। फिर इसकी जगह प्यार का एक खिला पौधा ऐसे ढंग से उत्पन्न करेगा कि सुधा अपने लिए न सही, अपने दिल के टुकड़े के लिए अवश्य उसके समीप रहने पर विवश हो जायेगी। सुधा उसके समीप रहेगी तो अपने त्याग द्वारा एक-न-एक दिन वह उसके दिल में अपना स्थान अवश्य बना लेगा। सुधा की समीपता प्राप्त करने के बाद ही वह अपनी भूल का प्रायश्चित कर सकता था। साथ ही अपने प्यार को सार्थक बनाने का अवसर भी उसे मिल सकता था।

सहसा राजा बातें करते-करते खामोश हो गया तो सुधा लापरवाह होकर बैठ गई। इसी लापरवाही में उसकी भटकती आंखों का केन्द्र खिड़की पर खड़ा वह बन गया। उसे लगा मानो सुधा नजरों की डोर बांधकर उसे अपनी ओर खींच रही है। उसकी ज्योतिहीन आंखों में कुछ ऐसा ही आकर्षण था। सुधा को एकान्त में देखकर उसके दिल के भटकते शोलों को हवा लगी। वह सब्र नहीं कर सका तो अपने कमरे से बाहर निकला-बहुत खामोशी के साथ। भगतराम का पलंग उनके कमरे में एक किनारे दीवार से सटकर था। इसलिए उसे कोई नहीं देख सका।

आगे बढ़कर दबे पगों वह सुधा के कमरे में प्रविष्ट हुआ। अपनी सांसें उसने रोक लीं और फिर सुधा के बिलकुल समीप जाकर खड़ा हो गया। सुधा उसकी उपस्थिति से बिल्कुल निश्चिंत थी। उसकी छाती पर से आंचल सरक गया था। उसकी दूध समान सफेद गर्दन के नीचे नन्हीं-नन्हीं हड्डियों का हल्का-सा उभार शीशे के समान चमक रहा था। वह अपने यौवन से अनभिज्ञ थी-या शायद उसने इसका गला घोंट रखा था, उस मदिरा के समान जिसे यदि बोतल में ठीक से बंद न किया जाए तो झाग बनकर फूट निकलती है। इस मदिरा की एक-एक बूंद को उसके पंखुड़ियों जैसे होंठों से पीने के लिए उसका दिल पागल हो उठा। वह उसकी ओर झुका भी, परन्तु फिर दिल पर पत्थर रखकर अपने होंठों को चबाने लगा। उसे सब्र करना पड़ा। जल्दबाजी का परिणाम कभी अच्छा नहीं होता। बेबसी की अवस्था में उसने अपनी दोनों हथेलियां आपस में मसलीं और फिर दो पग पीछे हटकर सीधा खड़ा हो गया। परन्तु तभी अपने कानों में राजा का स्वर सुनकर वह चौंक गया।

''अंकल।'' राजा उसके समीप आते हुए कह रहा था, ''तुम मां के पास खड़े हो और मैं तुम्हारे कमरे में तुम्हें देखने गया था।''

आनन्द बौखला कर इधर-उधर देखने लगा। उसकी चोरी पकड़ी गई थी।

अपने बेटे की बात सुकर सुधा भी चौंकते हुए उठ खड़ी हुई। बौखलाकर उसने अपनी छाती पर आंचल ठीक किया और फिर कुछ लजाई-सी बोली, ''कौन? आनन्द बाबू?''

''जी।'' आनन्द ने अपनी स्थिति संभाली।

''आप..आप यहां कब आए?'' सुधा अपनी स्थिति संभालने में अब तक असमर्थ थी।

''बस-अभी-अभी ही आया हूं।''

''अंकल, तुमने कहा था कभी झूठ नहीं बोलते।'' सहसा राजा ने उसके सामने आकर एक अंगुली द्वारा इशारा करते हुए भोलेपन से कहा, ''अभी-अभी तो मैं यहां आया हूं। तुम तो मुझसे पहले यहां आकर मेरी मां को देख रहे थे।''

लाज के मारे सुधा धरती में गड़ गई। जाने कब आनन्द बाबू आए और चोरी से उसे देख भी लिया। किस स्थिति में वह बैठी थी? उसने अपनी साड़ी का आंचल खींचकर दोनों ही कंधे ढांक लिए।

आनन्द फिर बौखला गया। उसने इधर-उधर देखा, फिर झुकते हुए राजा के गाल पर प्यार से हल्की-सी थपकी दी। अपनी झेंप मिटाते हुए उसने कहा, ''बहुत बातें करने लगा है, इसलिए अब तुझे स्कूल में डालना पड़ेगा।''

''स्कूल में! स्कूल में क्या होता है अंकल?'' राजा ने आश्चर्य से पूछा।

आनन्द वहीं फर्श पर पंजों के बल बैठ गया। दोनों हाथों से उसने राजा की कमर पकड़ ली। फिर उसी बहाव में प्यार से बोला, ''स्कूल में पढ़ाया लिखाया जाता है। मेरा राजा पढ़ेगा-लिखेगा-फिर बड़ा होकर कमीशन में बैठेगा और पास होकर पुलिस विभाग का एक बहुत बड़ा अफसर बनेगा।''

''नहीं।'' सहसा सुधा चीख पड़ी, इस प्रकार जैसे उसे हिस्टीरिया का दौरा पड़ गया हो। उसकी चीख के साथ तुरन्त ही उसके मुखड़े पर दर्द और गम की छाया लौट आई। वह छाया जिसे आनन्द ने बहुत कठिनाई के बाद उससे दूर किया था। सुधा की अवस्था देखकर आनन्द घबरा गया। फिर संभलकर उठ खड़ा हुआ। सुधा उसी प्रकार चीख रही थी, ''मेरा बेटा छोटे-से-छोटा काम कर लेगा, परन्तु पुलिस विभाग का कर्मचारी कभी नहीं बनेगा। मुझे पुलिस के आदमियों से सख्त नफरत है-सख्त नफरत है।'' सुधा चीखते-चीखते अचानक फूट-फूटकर रो पड़ी। उसके दिल के घाव पर मानो किसी ने नमक छिड़क दिया था। उसकी चीख सुनकर बाबा भगतराम भी कमरे में दौड़े-दौड़े चले आये। उन्होंने आनन्द को देखा। आनन्द की बात वह अपने कमरे में सुन चुके थे। उन्होंने उसे कोई दोष नहीं दिया। सुधा को उन्होंने संभाल लिया। उसे कंधे से पकड़कर वहीं पलंग पर बैठा दिया और स्वयं भी समीप बैठकर उसे तसल्ली देने लगे।

आनन्द का दिल टूट गया। सुधा को उससे ही नहीं, सारे पुलिस कर्मचारियों से भी नफरत है। वह उसे कभी क्षमा नहीं करेगी। उस पर वह अपनी वास्तविकता नहीं खोल सकेगा। अपने वास्तविक रूप में वह उसका मन कभी नहीं जीत सकेगा। बड़े से बड़ा त्याग करने के बाद भी वह उसके हृदय में वह स्थान प्राप्त नहीं कर सकता जिसकी उसने आशा बांध रखी है। नारी के जीवन में एक ही पुरुष आता है-एक बार। उसने निश्चय कर लिया वह अपनी भूल की सजा में सुधा को उसके हाल पर छोड़कर सहायता करता रहेगा-केवल सहायता। उसे उससे और किसी बात की आशा रखने का कोई अधिकार नहीं। किसी से किसी बात की आशा रखना अपना स्वार्थ प्रकट करना है। परन्तु यह दिल, मांस का नन्हा-सा यह टुकड़ा, जब किसी के लिए तड़पने लगता है तो कोई क्या करे? फिर भी उसने तय कर लिया, अब वह जल्द ही डाक्टर से मिलकर सुधा की आंखों के आपरेशन का प्रबन्ध कर देगा। आंखें आने के बाद जो होगा देखा जायेगा। यह निर्णय उसने अपने आप से खिसियाते हुए कर लिया, बहुत जल्दबाजी में, उस जुआरी के समान जो अपनी एक बहुत बड़ी धनराशि हार जाने के बाद बची-खुची धनराशि इकट्ठी ही दांव पर लगा देता है। वह सुधा के समीप आया। निराश स्वर में उसने कहा, ''सुधा देवी, मुझे अफसोस है कि आपको मेरी बात से इतनी चोट पहुंची। मुझे क्षमा कर दीजियेगा।''

सुधा ने कोई उत्तर नहीं दिया, परन्तु उसकी हिचकियां अवश्य कम हो गईं। आंचल द्वारा वह अपने आंसू पोंछने लगी। आनंद ने उसकी बात की प्रतीक्षा नहीं की और पलटकर कमरे से बाहर निकल गया। नन्हा राजा फटी-फटी आंखों से अपनी मां को देख रहा था इसलिए वह आनन्द के पीछे नहीं जा सका। कुछ देर बाद भगतराम ने सुधा को समझाया। आनन्द बाबू देवता हैं। उसे उनके साथ ऐसा व्यवहार नहीं करना चाहिये था। आनन्द बाबू के अतिरिक्त उनका इस संसार में है ही कौन? उसे अपने लिए न सही, अपने बच्चे के लिए ही सोचना चाहिए। उसे अपनी आंखों के आपरेशन के लिए भी जल्दी नहीं करना चाहिये। आनन्द बाबू को उसका पूरा ध्यान है। वह स्वयं ही उचित अवसर देखकर आपरेशन करवा देंगे।

आखिर उसे यहां इस प्रकार रहने में कष्ट ही क्या है? इतनी सुविधाएं तो कोई अपना होता, तब भी नहीं देता, आदि-आदि। परन्तु सुधा अपनी जिद्द पर अड़ी रही-यदि उसकी आंखों का आपरेशन नहीं होना है तो वह यहां से चली जायेगी। जबसे पिछली रात नन्हे राजा ने अपने भोलेपन में आनन्द को उसका बापू बना देने की बात कही, है उसे एक अज्ञात-सा भय होने लगा है-आनन्द बाबू से नहीं-अपने आपसे। अपने स्वर्गवासी पति की याद का सहारा लेकर वह अपने- आपको अज्ञात पाप की आग में जलता हुआ महसूस कर रही थी और इसीलिए आनन्द के सामने नहीं जाना चाहती थी।

आनन्द का इसमें कोई दोष नहीं था इसलिए उसे उससे कोई शिकायत भी नहीं थी परन्तु आज की घटना? भगतराम उसे समझाते-समझाते थककर चले गए तो वह बहुत देर तक यही सोचती रही कि आनन्द बाबू उसे क्यों चोरी-छिपे देख रहे थे? क्यों पहले भी उससे बातें करते-करते खामोश हो जाते थे? परन्तु फिर उसने अपने दिल को तसल्ली दी। यदि आनन्द बाबू को उससे जरा भी रुचि होती तो बाबा से यह बात हर्गिज नहीं छिपी रहती। आनन्द बाबू ने बाबा की निर्बलता तथा उसके अन्धेपन से अभी तक कोई भी ऐसा लाभ नहीं उठाया है जिस पर किसी प्रकार का सन्देह किया जाए।

परन्तु ऐसा सोचने के पश्चात् उसका दिल एक अज्ञात भय का आभास करके धड़कता ही जा रहा था और इसीलिए उसने तय कर लिया कि यदि कल उसकी आंखों का आपरेशन नहीं हुआ तो वह इस घर को छोड़कर चली जायेगी। जीने का सहारा नहीं मिला तो अपने बच्चे सहित आत्महत्या कर लेगी परन्तु अपनी पति भक्ति पर कभी आंच नहीं आने देगी। अपने पति की याद को छाती से लगाकर अन्तिम सांसों तक जीने में ही उसका जीवन सफल है। यहां पर तो जब भी आनन्द बाबू उसके समीप आएंगे, वह स्वयं को एक अग्नि परीक्षा में जलता हुआ

महसूस करेगी। आनन्द बाबू को उसमें भले ही कोई रुचि न हो, परन्तु फिर भी वह उनकी खामोशी से अवश्य ऐसा महसूस करेगी कि वह उसे निहार रहे हैं।

उस शाम आनन्द बहुत देर तक नहीं आया। यहां तक कि सूर्य अपने विश्राम गृह पहुंचने से पहले ही काले बादलों का लिहाफ ओढ़कर सो गया। हवाएं तेज हो गई थीं। वर्षा भी झिमिर-झिमिर आरम्भ हो गई। ठण्ड बढ़ गई। होते-होते आठ बज गये तो हरिया के कहने पर सुधा ने अपने राजा बेटे तथा बाबा के साथ थोड़ा खाना खा लिया। फिर अपने कमरे में जाकर वह पलंग लेट गई। परन्तु आनन्द तब भी नहीं आया तो सुधा को अपने आज के व्यवहार का अफसोस हुआ। शायद उसकी बात से आनन्द बाबू को बहुत चोट पहुंची है। आनन्द का क्षमा मांगना अब उसे जरा भी अच्छा नहीं लग रहा था। उन्होंने भूल क्या की थी? उन्हें यदि ज्ञात होता कि उसे पुलिस कर्मचारियों से सख्त घृणा है तो ऐसी बातें कभी नहीं कहते जिससे उसके दिल को चोट पहुंची थी। आनन्द उसके लिए एक अपरिचित सहायक था। यदि वह आनन्द की वास्तविकता जानती होती तो उसके बंगले में आने का प्रश्न ही नहीं उठता।

समय बीत रहा था। वर्षा की गति बढ़ती रही। कभी-कभी बादल भी गरज उठते थे। कभी-कभी हवाओं की सांय-सांय भी उसके कानों को सुनाई दे जाती थी। भगतराम सो चुके थे। उसके नन्हे राजा को सोए भी काफी देर हो चुकी थी परन्तु उसकी अपनी आंखों की नींद मानो किसी ने चुरा ली थी। सहसा दीवार पर टंगी घड़ी ने बारह के घंटे बजाए। आनन्द तब भी नहीं आया-आनन्द आता तो उसे अवश्य आहट मिलती। वह अपनी भूल का अहसास बहुत अधिकता के साथ करने लगी। वह पछताई। उसे आनन्द बाबू की बात का इतना गहरा प्रभाव हर्गिज नहीं लेना चाहिए था। उसने तय कर लिया, वह उनसे मिलेगी। अपनी भूल की क्षमा मांगेगी। वह देवता हैं-उसे अवश्य क्षमा कर देंगे और इसके बाद वह उनसे अपनी आंखों के आपरेशन के बारे में स्वयं पूछेगी। यदि आपरेशन होने की संभावना नहीं है तो वह इस घर को छोड़कर चली जाएगी। किसी की कृपा पर निर्भर रहने से तो अच्छा है कि वह अपने घर जाकर रूखा-सूखा खाते हुए जीवन निर्वाह करे।

ऐसा निर्णय करने के बाद भी उसे नींद नहीं आई, बल्कि वह अपने दिल में एक विचित्र-सी उलझन, एक विचित्र सी बेचैनी महसूस करने लगी। क्या यह उलझन, यह बेचैनी एक देवता का दिल दुखाने के परिणाम में ही उसे मिली है? वह कोई अनुमान नहीं लगा सकी। सहसा वर्षा का शोर समाप्त हो गया, हवाएं भी रुकी-रुकी सी थीं। केवल कभी-कभी ही बादल गरज उठते थे-बहुत दूर, वर्ना हर तरफ खामोशी थी। जब और भी समय बीतने लगा तो इस खामोशी का सहारा

लेकर अपने आप ही आनन्द की चिन्ता उसके मन में घर करने लगी। अनिच्छुक होकर भी वह उसके बारे में सोचने पर विवश हो गई। आनन्द बाबू क्यों नहीं आए? उन्हें कुछ हो तो नहीं गया?

इसी उलझन में करवटें बदलते-बदलते वह थक गई तो पलंग से उठ खड़ी हुई। शरीर पर शाल डाला और फिर बहुत आहिस्ता से उसने अपने कमरे का दरवाजा खोला। दबे पगों बाहर निकली। फिर टहलती हुई सामने के बरामदे की ओर बढ़ गई। उसने बरामदे का अन्तिम द्वार खोला। बाहर हल्की परन्तु ठण्डी हवा चल रही थी। शायद वर्षा थम गई है। शायद वर्षा की हल्की-हल्की फुहार पड़ रही हो। बाहर अंधकार था। उसकी ज्योतिहीन आंखों के लिए तो अन्दर-बाहर सभी जगह हर समय अंधकार था। वह बरामदे में रखी उस आराम कुर्सी पर जाकर बैठ जाना चाहती थी जिस पर दिन के समय प्रायः उसके बाबा जाकर बैठ जाया करते थे। उसका विचार था कि जब बंगले के मुख्य द्वार पर किसी टैक्सी के रुकने या अन्दर आने का स्वर सुनाई पड़ेगा तो वह तुरन्त उठकर अन्दर चली जायेगी। जब तक वर्षा का शोर न उठे वह यहां बैठकर बहुत आसानी के साथ इस आहट को सुन सकती थी। आंखें जाने के बाद तो उसके कान एक हल्की-सी आहट पर भी चैकन्ने हो जाते हैं। उसने हाथों को फैलाकर टटोलते हुए अपने पग बढ़ा दिए। सहसा बादल गरजा-गरजता ही गया-और बादल की गरज जैसे ही समाप्त हुई वह किसी से टकरा गई। गिरते-गिरते बची। शायद गिर पड़ती यदि उसे किसी की मजबूत बांहों का सहारा नहीं मिलता। थामने वाली बांहें पानी से भीगी तथा ठण्डी थीं।

''आप?'' यह आनन्द का स्वर था। वह खुद चौंक उठा था। सुधा संभल गई तो उसने अपनी बांहें हटा लीं। उसकी बांहें ही नहीं पूरा शरीर भीगा हुआ था क्योंकि बाहर हल्की-हल्की फुहारें पड़ रही थीं। अचानक टैक्सी उसके बंगले से कुछ दूर पर खराब हो गई थी इसलिए रात के इस पहर कोई दूसरी टैक्सी न मिलने के कारण वह वहां से पैदल ही अपने बंगले तक चला आया था। भीगने के कारण उसका शरीर ठण्डा हो गया था, परन्तु सुधा का स्पर्श प्राप्त करते ही उसके अन्दर बिजली दौड़ गई।

सुधा तो बिलकुल बौखला गई। वह मन ही मन सोच रही थी कि कम्बख्त बादल को भी इसी समय गरजना था। बादल नहीं गरजता तो निश्चय ही उसे आनन्द के पगों की चाप सुनाई पड़ जाती। जाने क्यों उसे टैक्सी का स्वर नहीं सुनाई पड़ा? अपनी स्थिति पर उसे बहुत लाज आई। आनन्द के प्रति उसके दिल में केवल श्रद्धा है। शायद इसी श्रद्धा के कारण इस समय उसके दिल में उसके प्रति चिन्ता भी उत्पन्न हो गई थी। परन्तु यदि आनन्द के दिल में उसके प्रति कुछ हुआ तब वह क्या सोचेगा? लाज के मारे वह धरती में गड़ जाना चाहती थी।

सहसा बिजली कौंधी। बिजली की कौंध में आनन्द ने सुधा का मुखड़ा देखा। सुन्दरता की प्रतिमा बनी वह उसके सामने खड़ी थी। रात की यह खामोशी-अकेलापन-भीगा-भीगा समां। इतनी रात गए सुधा का इस प्रकार यहां खड़ा होना कोई अर्थ रखता था-और अर्थ यही था कि वह उसकी प्रतीक्षा कर रही थी-केवल उसकी प्रतीक्षा। उसकी टूटती हुई निराशा आशा की मजबूत चट्टान बन गई। वह सुधा के दिल में पग रख चुका है। उसका मन जीत चुका है। आखिर एक न एक दिन तो ऐसा होना ही था। आग और तेल कब तक एक ही स्थान पर अलग-अलग रह सकते हैं। प्यार की आग भड़ककर ही रहती है। खुशी से उसका मन करता था वह चीख-चीखकर सारा संसार अपने सिर पर उठा ले। परन्तु उसने अपने दिल पर काबू किया। सुधा को उसे अभी अपने वास्तविक रूप में भी जीतना है। उसका सच्चा प्यार तभी सार्थक होगा।

परन्तु अभी उसे अपनी वास्तविकता बताने का समय बिल्कुल नहीं आया था। यह तो उसके प्यार का प्रारम्भ है। इस प्यार को मजबूत बनाने के लिए अभी उसे और भी बहुत से पग उठाने थे। सुधा का दिल इस प्रकार जीतना था कि वह उसके बिना एक पल भी अलग नहीं रह सके। तभी वह उसे क्षमा कर सकती थी। सच्चा प्यार करने वाले अतीत का रोना लेकर नहीं बैठते। अतीत एक नासूर है जो जीवन की प्रसन्नताओं को डंस लेता है। अपने प्यार को मजबूत बनाने के लिए उसने सुधा को अपनी बांहों में समा लेना चाहा, उसे प्यार कर लेना चाहा।

सुधा आनन्द की खामोशी का अहसास करके कांप गई। आज दिन में भी आनन्द ने उसे बहुत देर तक चोरी से निहारा था और इस समय भी उसने यही बात महसूस की तो उसका दिल ही नहीं, शरीर भी ऊपर से नीचे तक कांप गया। ऐसा न हो कि आनन्द उसे गलत समझ बैठे। उसने झट कहा, ''आनन्द बाबू, मैं अपनी भूल की क्षमा मांगने के लिए ही इस समय तक आपकी प्रतीक्षा कर रही थी।''

''क्षमा! किस भूल की?'' आनन्द ने आश्चर्य से पूछा। उसे अपने जज़्बात पर काबू करना पड़ा। सुधा को अपनी छाती में समाने वाली बांहें बढ़ते-बढ़ते रुक गईं।

''आप नहीं जानते कि मुझे पुलिस कर्मचारी से कितनी घृणा है। यही कारण था कि जब आपने राजा को...''

''मुझे सब मालूम है।''

''सब मालूम है।''

''हां।'' आनन्द ने खेद प्रकट किया, ''सच तो यह है कि मुझे ऐसे लोगों की चर्चा ही नहीं करनी चाहिए थी जिनसे आपके पति की मृत्यु का संबंध है।''

''पुरानी बातें मत छेड़िये वरना घाव फिर ताजा हो जायेगा।'' सुधा का स्वर अचानक ही भीग गया।

आनन्द खामोश हो गया। उसके दिल में उसी प्रकार खुशियों का तूफान मौजें मार रहा था। वह जानता था कि सुधा के दिल में चोर है वरना अपनी सफाई वह बिना पूछे नहीं देती। क्षमा मांगने के लिए सुधा को कल भी समय मिल सकता था। नारी का दिल कितना ही निर्बल हो, पुरुष के समक्ष प्रारम्भ में वह अपना प्यार कभी नहीं प्रकट करती। यह काम पुरुष को ही करना पड़ता है और इसीलिए एक बार फिर आनन्द पूरे विश्वास के साथ सुधा को अपनी बांहों में समाने के लिए तड़प उठा।

''आनन्द बाबू।'' तभी सुधा ने कहा, शाल द्वारा अपनी बांहों को पोंछते हुए जो आनन्द से टकराने के बाद भीग गई थीं। बात उसने जारी रखी ''एक विनती है आपसे।''

''कहकर देखिए।'' आनन्द ने भावुक होकर अपना भीगा मुखड़ा सुधा के बिलकुल समीप कर दिया। बोला, ''पूरी नहीं कर सका तो अपनी जान दे दूंगा।''

सुधा की सांस जहां की तहां रुक गई। यह उसके दिल का चोर है जो वह आनन्द बाबू की बात का इतना गहरा प्रभाव ले रही है या आनन्द बाबू वास्तव में उसे प्यार करने लगे हैं? अपनी भूल का आभास उसे बहुत अधिकता के साथ हुआ। आनन्द बाबू ने उसे रात के मध्य यहां अकेला खड़ा देखकर वास्तव में गलत अनुमान लगा लिया है वरना वह ऐसी बात कहने का कभी साहस नहीं करते। आनन्द के स्वर को उसने अपने मुखड़े के बिलकुल समीप महसूस किया तो ऊपर से नीचे तक कांप गई। अग्नि परीक्षा? परन्तु वह अपनी पतिभक्ति पर सफल उतरने का प्रण पहले ही कर चुकी थी। उसके पग कभी नहीं डगमगायेंगे। एक पग पीछे हटकर उसने स्पष्ट शब्दों में कहा, ''हम अब और अधिक आप पर बोझ नहीं बनना चाहते। मेरी आंखों का आपरेशन नहीं हो सकता तो आप हमें जाने की आज्ञा दीजिए।''

सहसा क्षितिज पर बहुत जोर की बिजली कड़की। कौंध से सारा संसार जगमगा उठा। फिर जैसे ही कौंध समाप्त हुई, सारा संसार पहले से भी अधिक अंधकारमय हो गया-बिलकुल आनन्द के जीवन के समान-जैसे अभी-अभी उसे आशाओं की चकाचौंध प्राप्त हुई थी और अब उसका जीवन पहले से भी अधिक अंधकारमय हो गया था। यह बिजली उसके अरमानों पर ही गिरी थी। उसका दिल टूट कर टुकड़े-टुकड़े हो गया था। दम घुटने लगा, आंखों में आंसू आने को तड़प उठे। उसने बहुत भर्राई आवाज में कहा, ''मैं कल ही आपको डाक्टर के पास ले चलूंगा।'' आनन्द ने सुधा की बात की प्रतीक्षा नहीं की और अन्दर प्रविष्ट हो गया।

सुधा को आनन्द के चले जाने की पदचाप मिल चुकी थी। उसका निराश तथा आंसुओं में डूबा स्वर सुनकर उसे उसके दिल की अवस्था भी मालूम हो गई। उसके दिल में एक अनचाही टीस उठी। इस टीस का कारण क्या है? न चाहते हुए भी वह उसके लिए क्यों चिन्तित है? वह समझ न सकी कि उसने आनन्द से जो कुछ भी कहा है वह उचित था या अनुचित परन्तु उसके दिल को सन्तोष अवश्य मिला। वह अपने ध्येय में सफल है। अग्नि परीक्षा में खरी है। एक भारतीय पतिव्रता स्त्री का धर्म उसने नष्ट नहीं होने दिया।

***

सुधा की आंखों का आपरेशन हो गया। डाक्टर ने आंखों पर पट्टी बांध दी और बताया कि अब यह पट्टी पन्द्रह दिन बाद खुलेगी। तब तक सुधा को अस्पताल में ही रहना पड़ेगा। आनन्द ने सुधा के लिए एक 'प्राइवेट वार्ड' का प्रबन्ध पहले ही कर दिया था जहां बाबा भगतराम नन्हे राजा को लेकर जब चाहें आयें, ठहरें और जा सकते थे। आनन्द ने हर बात का पूरा-पूरा ध्यान रखा था जिसे सुधा ने अच्छी तरह महसूस किया। बाबा को आनन्द ने दो बक्स दे दिये थे। एक बक्स में उन तीनों के कपड़े थे तथा दूसरे में नन्हे राजा के खिलौने। इतने दिनों के अन्दर उसके पास इतने अधिक खिलौने हो गये थे कि उन्हें रखने के लिए एक बक्स की आवश्यकता पड़ गई थी।

आनन्द ने उन्हें वह बिस्तर भी दे दिया था जिसे बंगले में वे अपने उपयोग में लाते थे। बाबा न चाहते हुए भी आनन्द के व्यवहार से प्रभावित होकर यह वस्तुएं लेने पर विवश हो गये थे। वैसे भी इस ठण्ड में उन्हें अस्पताल में रहने के लिए इन वस्तुओं की सख्त आवश्यकता थी। आनन्द के दिल से वह परिचित थे यदि सुधा यहां से चले जाने की धमकी नहीं देती तो वह आनन्द को उसकी आंखों के आपरेशन का सुझाव कभी नहीं देते। आनन्द स्वयं भी यही चाहता था। वह चाहता था कि पहले सुधा का मन जीत ले फिर उसकी आंखों का आपरेशन कराये और जब सुधा उसे पहचान कर उसके त्याग को याद करे तो अपने प्यार के लिए उसे क्षमा कर दे। परन्तु अब वह विवश था जब अपनी वास्तविकता बताए बिना वह सुधा का मन नहीं जीत सका तो वास्तविकता बताकर किस प्रकार जीत सकता था-वह वास्तविकता जिससे सुधा को घृणा थी?

उसने बाबा को समझा दिया था कि जब सुधा की आंखों की पट्टी खुल जाए तो वह उसे सीधे मेरठ ले जाएं। यदि रस्मी तौर पर सुधा उससे मिलकर धन्यवाद देना चाहे तो वह कह दें कि वह बाहर चला गया है। जो श्रद्धा एक देवता के रूप में उसने प्राप्त की थी उसे वह खोना नहीं

चाहता था। नफरत से मुहब्बत इतनी ऊंची है कि मानव किसी को धोखा देकर भी इस भेद पर सदा ही परदा पड़ा रह सकेगा और इसीलिए उनका दिल कांप उठता था कि उस समय क्या होगा जब सुधा को ज्ञात होगा कि इस भेद को छिपाने में उसके बाबा का हाथ है? फिर भी सुधा की प्रसन्नता के लिए आनन्द की वास्तविकता को भेद में रखने का प्रयत्न करना उनका कर्तव्य था और उन्होंने ऐसा ही किया।

अस्पताल में सुधा के साथ नन्हे राजा को भी रहना पड़ा। परन्तु जब दूसरे दिन अस्पताल के घुटे-घुटे वातावरण से उसका मन उकता गया तो उसकी जिद् पर बाबा उसे आनन्द के पास छोड़ आए। फिर दिन भर बैठे-बैठे आनन्द की महानता पर ही विचार करते रहे। एकान्त में डाक्टर से पूछने पर उन्हें ज्ञात हो गया था कि वह आनन्द का मित्र नहीं है। उसने आंखों के आपरेशन के लिए पूरे पांच हजार रुपये लिये हैं। परन्तु यह बात उन्होंने सुधा को नहीं बताई। सुधा आरम्भ से ही किसी से भीख के तौर पर कुछ भी लेने को तैयार नहीं थी। यदि बता देते तो अब वह एक उलझन में पड़ जाती कि क्यों उसने आनन्द बाबू का इतना बड़ा अहसान ले लिया जिस हाल कि वह उसे प्यार करते थे और वह उनसे दूर भाग जाना चाहती है।

आनन्द की प्रतीक्षा के विचार से सुधा का दिल हल्के-हल्के कांप रहा था-आनन्द बाबू उसके बेटे को पहुंचाने के बहाने यहां अवश्य आयेंगे। शाम होते-होते यह धड़कनें और तेज हो गईं। परन्तु जब और समय ढल गया और आनन्द तब भी राजा को लेकर नहीं आया तो सुधा का दिल घबराने लगा। पति की एक ही जीती-जागती निशानी, उसी के भविष्य के लिए तो वह सब कुछ कर रही थी-ऐसे व्यक्ति का अहसान ले रही थी जिसके विचार से ही उसकी पतिभक्ति पर आंच आ जाती थी। अपने लड़के को लाने के लिए उसने बाबा को भेज दिया। बाबा चले गये तो वह फिर सोचने पर विवश हो गई कि कहीं आनन्द बाबू साथ न चले आयें। अस्पताल में आने के बाद आनन्द से दूर रहने का उसे सुनहरा अवसर मिल गया था। कुछ देर बाद जब उसने अपने कमरे में पगों की चाप सुनी तो वह अपने पलंग पर पैर नीचे लटकाते हुए सतर्क होकर बैठ गई। कहीं आनन्द बाबू न आये हों। उसका लाड़ला बाबा के साथ उसके कमरे में दाखिल हो चुका था, परन्तु आनन्द की उपस्थिति के भय से वह अपने लाड़ले के स्वागत में मुस्करा भी न सकी। नन्हा राजा लपककर उसके घुटनों से लिपट गया। आज उसके हाथ में एक नया खिलौना था। सुधा राजा के बालों पर प्यार से अंगुली फेरने लगी।

''मां।'' राजा ने कहा, ''आज अंकल ने मुझे यह चाभी वाला ढोल बजाता जोकर लेकर दिया है।''

सुधा ने खिलौना अपने हाथ में नहीं लिया, उसी प्रकार उसके सिर पर हाथ फेरते हुए यूं गंभीर थी जैसे किसी बात की प्रतीक्षा कर रही हो। उसके बाबा ने भी अभी तक कोई शब्द नहीं निकाला था। उनके पगों की चाप उसे मिल चुकी थी। पलंग चरमराया तो वह समझ गई कि बाबा सामने बैठ चुके हैं। परन्तु आनन्द बाबू कहां खड़े हैं, वह कोई अनुमान नहीं लगा सकी। फिर भी उसकी समीपता के भय से उसका दिल धड़क रहा था।

''मां।'' नन्हें राजा ने फिर कहा, ''मैंने अंकल से आने को कहा था। वह नहीं आए। क्यों नहीं आए

मां?''

सुधा ने चैन की एक सांस ली। वह मानो चहककर बोली, ''मुझे क्या पता?'' राजा के हाथ से उसने खिलौना ले लिया।

''मां।'' नन्हे राजा ने बहुत उदास होकर कहा, ''आज अंकल बहुत उदास थे। बिलकुल भी नहीं हंसे।''

सुधा के दिल में एक चुभन उठी। न चाहते हुए भी उसने ऐसा ही महसूस किया। परन्तु अपने होंठों से एक भी शब्द नहीं निकाला।

सामने बैठकर भगतराम ने भी उसे आनन्द की अवस्था बतानी चाही-आज आनन्द सचमुच बहुत उदास था-एक हारा हुआ जुआरी-परन्तु फिर वह खामोश रह गये। उसने सुधा की अवस्था के बारे में भी पूछा था, बहुत भीगे स्वर में, परन्तु वह यह बात भी छिपा गये। अब सुधा के मन में आनन्द के प्रति किसी भी प्रकार की रुचि उत्पन्न करना हितकर नहीं सिद्ध होता। ऐसा न हो कि ज्योति आ जाने के बाद सुधा आनन्द से मिलने की इच्छा कर बैठे। आनन्द की वास्तविकता को अब उन्हें हर अवस्था में भेद में रखना था। वह तो यह भी नहीं चाहते थे कि अब नन्हे राजा का आनन्द से मिलना-जुलना बढ़े। ऐसा न हो कि ज्योति आने के बाद किसी दिन ऐसी स्थिति उत्पन्न हो जाए जब अपने लाड़ले की खुशी के लिये उसे आनन्द से मिलना आवश्यक हो जाए। तब सुधा को आनन्द का पता लगाते कोई देर नहीं लगेगी। भेद खुल गया तो सुधा उन्हें फिर कभी क्षमा नहीं करेगी। साथ ही वह अपनी आंखें भी फोड़ डालेगी। उस व्यक्ति का अहसान किस प्रकार लेना स्वीकार करेगी जिसके कारण आज बरबादी के इस गड्ढे में पहुंची है? परन्तु जब नन्हे राजा को आनन्द के पास भेजने में सुधा को कोई आपत्ति नहीं थी तो उन्होंने भी मना करना उचित नहीं समझा। मना करने से सुधा कारण पूछ सकती है।

दिन बीतने लगे। जब नन्हे राजा का दिल अस्पताल के वातावरण से उकता जाता तो बाबा उसकी जिद पर न चाहते हुए भी उसे आनन्द के पास छोड़ आते। दिन के समय बाबा सुधा के सामने आनन्द की एक बात भी नहीं करते। सुधा समझती कि बाबा उसके दिल को न दुखाने के लिए ही आनन्द बाबू की बातें नहीं करते हैं। बाबा को उसका कितना अधिक विचार है! वह भी आनन्द के बारे में कुछ नहीं पूछती। परन्तु उस समय उसे अपने दिल पर पत्थर रखकर सब कुछ सुनना पड़ता जब नन्हा राजा वापस आने के बाद आनन्द की बातें किए बिना नहीं रहता। यदि उसका लाड़ला आनन्द के पास जाने के लिए रो-रोकर जिद नहीं करता तो वह उसे कभी नहीं भेजती। अपने लाड़ले का रोता स्वर सुनकर उसका दिल छलनी हो जाता था।

''आज अंकल ने मुझे खूब अच्छा वाला कपड़ा पहनाया।'' एक दिन नन्हे राजा ने आनन्द के पास से लौटकर आने के बाद कहा।

सामने बैठे भगतराम ने देखा। उन्हें उसके कपड़ों में कोई अन्तर नहीं मिला।

''अच्छा।'' अपने लाड़ले की प्रसन्नता के लिए वह उसकी बात में रुचि लेने पर विवश थी। वह उसका वस्त्रा टटोलने लगी। ''यही है वह कपड़ा?''

''वह कपड़ा तो अंकल ने उतारकर अपने पास रख लिया।'' नन्हे राजा ने कहा।

''अरे!'' सुधा ने आश्चर्य प्रकट किया। आनन्द ने पहली बार कोई वस्तु राजा को देकर वापस ले ली थी।

''हां।'' राजा ने पुष्टि की, ''खूब अच्छा वाला-मैला वाला कपड़ा था वह।''

''मैला वाला?'' सुधा ने आश्चर्य से पूछा। अच्छा भी और मैला भी!

सुधा कुछ समझी नहीं!

''हां।'' राजा ने कहा, ''उसमें बड़े वाले बटन थे। छोटी वाली बंदूक भी थी।'' सुधा कुछ समझी नहीं।

''एक अच्छी वाली टोपी भी थी।'' नन्हें राजा ने याद करके कहा।

सुधा तब भी नहीं समझी। ऊंह! होगा कुछ। आजकल तो एक से एक बढ़कर जोकरों समान रंगीले कपड़े चल रहे हैं। परन्तु मैला कपड़ा? शायद सिलवाने में गन्दा हो गया हो और आनन्द बाबू अब उसे धुलवाने के बाद ही उसे देना चाहते हों। आनन्द के विचार से उसे घृणा नहीं थी। उसके मन में अब भी उसके प्रति वही श्रद्धा थी जो पहले थी। आनन्द बाबू देवता हैं। वह उसे प्यार अवश्य करते हैं परन्तु उसका प्यार निःस्वार्थ है। वह चाहते तो उस रात क्या नहीं कर सकते

थे जब वह एकान्त में उनकी प्रतीक्षा कर रही थी। आनन्द की दूरी ने उसे अपने धर्म पर स्थिर रहने की शक्ति दी-और उसे इसकी प्रसन्नता हुई।

दस दिन बीत गये। आनन्द उससे एक बार भी मिलने नहीं आया और सुधा ने उसकी जरा भी परवाह नहीं की। परन्तु एक शाम जब नन्हे राजा ने वापस आकर उसे बताया कि आज अंकल की तबियत खराब थी तो सुधा के मन की चुभन अपने आप ही टीस में परिवर्तित हो गई। जाने क्यों उसके मन के अन्दर इच्छा हुई कि वह उसके बारे में और भी कुछ पूछे। उन्हें क्या हो गया है? कौन उनकी देखभाल करता है? हरिया अकेले किस प्रकार उनका विचार रखता है? वह दिल से यही चाहती थी कि उसके बारे में जरा भी चिन्तित न हो, परन्तु जाने कौन-सा ऐसा दबाव था जो बार-बार उसके मस्तिष्क को आनन्द के बारे में सोचने पर विवश कर रहा था।

उस दिन बहुत रात बीत जाने के पश्चात् उसे नींद नहीं आई। दिल के अन्दर एक बेचैनी समा गई थी। आनन्द के लिए चिन्तित न होते हुए भी वह उसके विचारों में डूबती चली गई और तब अचानक उसने महसूस किया कि उसके दिल में समाई स्वर्गवासी पति की छवि धुंधली पड़ रही है। उसकी पतिभक्ति की तपस्या भंग हो रही है। उसकी याद दूर चली जा रही है और तब उसने मन झटक कर इस याद की डोर को बहुत मजबूती के साथ पकड़ लिया। धुंध मिटाकर दिल की छवि को उजागर कर लिया। उसने प्रण कर लिया, कल से वह अपने बेटे को आनन्द बाबू के पास बिलकुल नहीं भेजेगी, चाहे वह कितनी ही जिद् करे। न वह वापस आकर आनन्द बाबू के बारे में उसे कुछ बतायेगा और न अकारण ही वह उनके प्रति चिन्तित होगी। उसे अपने पति की याद को छाती से लगाकर सारा जीवन व्यतीत करना है-हर अवस्था में तभी उसकी भक्ति सार्थक है।

दूसरे दिन वह पलंग पर नीचे पैर लटकाकर बैठी हुई थी तो सदा के समान अस्पताल के घुटे-घुटे वातावरण से उकताकर नन्हा राजा फिर समीप चला आया। उसके घुटनों पर हाथ रखकर प्यार से बोला, ''मां, आज मैं अंकल से बोलूंगा कि मुझे लकड़ी वाला घोड़ा दिला दें।''

''तुम अब उनके पास कभी नहीं जाओगे।'' सुधा ने एक ही बार में साफ-साफ कह दिया।

नन्हा राजा इसके लिए तैयार नहीं था। आश्चर्य से अपनी मां को देखने लगा।

भगतराम सामने बैठे भगवदगीता का अध्ययन कर रहे थे। उन्होंने आश्चर्य से सुधा को देखा। सुधा ने उनके मन की बात कह दी थी। परन्तु कुछ बोले नहीं।

'मैं जाऊंगा-मैं जाऊंगा-अंकल के पास जाऊंगा।'' नन्हा राजा जिद् करने लगा।

सुधा को ऐसा लगा जैसे नन्हा राजा उसे उसके पथ पर से हटा देना चाहता है। वह झुंझला गई। उसने उसके नन्हे-नन्हे कन्धों को अपने दोनों हाथों से पकड़कर झिंझोड़ दिया और क्रोध से चीख पड़ी, ''नहीं।''

''मैं जाऊंगा-मैं जाऊंगा-मैं तुम्हारे पास नहीं रहूंगा।'' नन्हा राजा चीखकर रोते हुए और भी जिद् करने लगा।

सुधा बरदाश्त नहीं कर सकी। नन्हे राजा के गाल पर उसने एक थप्पड़ मारा। नन्हे राजा को थप्पड़ के दर्द का पहली बार अहसास हुआ था। तड़पकर रोता हुआ वह बाबा भगतराम के पास भाग गया। उन्होंने उसे अपनी गोद में बिठा लिया। राजा सिसकता हुआ उनकी छाती से लिपट गया। उन्होंने दूरदर्शिता से काम लिया। राजा के आंसू पोंछते हुए प्यार से बोले, ''तुम्हारे अंकल आज सुबह छुक-छुक गाड़ी से बाहर चले गए हैं। बहुत दिन तक बाहर रहेंगे। जब वापस आएंगे तो हम तुम्हें उनके पास छोड़ आएंगे, अच्छा?''

नन्हा राजा एक पल सोचता रहा। फिर इस प्रकार खामोश हो गया मानो बाबा की बात समझ में आ गई है। उसकी छोटी-सी बुद्धि यह नहीं समझ सकी कि जब उसके अंकल की तबियत खराब है तो बाहर कैसे जाएंगे।

सुधा जानती थी कि बाबा ने ऐसी बात क्यों कही है-राजा को आनन्द बाबू से मिलने से रोकने के लिए। परन्तु जब थोड़ी देर बाद राजा बरामदे में खेलने चला गया तो बाबा ने उसे बताया कि आनन्द बाबू बिलकुल स्वस्थ है। पिछली शाम केवल सिर में हल्का-हल्का दर्द था। आज सुबह वह वास्तव में बाहर चले गए हैं। सुधा को विश्वास ही नहीं हुआ, बल्कि उसे ऐसा महसूस हुआ मानो दिल के अन्दर छिपी कोई अज्ञात चिन्ता दूर हो गई हो। यद्यपि आनन्द की तबियत पिछली शाम वास्तव में कुछ ठीक नहीं थी, फिर भी भगतराम ऐसा कहने पर विवश थे। यदि सुधा ज्योति आने के बाद आनन्द की कृपा से प्रभावित होकर उसे धन्यवाद कहने की इच्छा प्रकट कर बैठती और तब एकदम से वह कहते कि आनन्द बाहर गया हुआ है तो उचित नहीं होता। फलस्वरूप वह भी आनन्द से मिलने नहीं जा सके। सुधा अन्धी थी और नन्हा राजा चंचल। कभी भी वह अस्पताल के बाहर भाग सकता था। अपनी आंखों की पट्टी खुलने की प्रतीक्षा में वह दिन गिनने लगी-बहुत बेचैनी के साथ। ज्योति आने पर वह सबसे पहले अपने राजा को देखना चाहती थी। मानो एक युग हो गया था उसे देखे हुए। अब तो उसका रंग- रूप और निखर आया होगा।

***

सुबह के लगभग नौ बजे होंगे। धूप चटक आई थी, परन्तु वातावरण में नमी के साथ ठण्डक भी थी। आनन्द अपने कमरे में पलंग पर बिलकुल खामोश पड़ा हुआ था। उस पर हल्की-हल्की बेहोशी छा रही थी। उसे ज्वर था। पूरा शरीर आग के समान तप रहा था। यह तपिश उस दिन से बढ़ती जा रही थी जिस दिन नन्हा राजा अन्तिम बार उससे मिलकर गया था। नन्हा राजा क्यों नहीं आया, उसे नहीं मालूम। शायद सुधा ने मना कर दिया हो। अच्छा भी था। वह तो आरम्भ से ही ऐसा चाहता था। परन्तु जब वह आ ही जाता था तो उसे मना भी कैसे करता? और इसीलिए राजा के आने के बाद वह उसके प्यार में अपना गम भूल जाने का प्रयत्न करने लगता था। नन्हे राजा का आना वह इसलिए पसन्द नहीं करता था क्योंकि उसे डर था कि आगे चलकर कहीं राजा उसके बिना बिलकुल ही न रह सके।

कुछ बच्चों का दिल बहुत भावुक होता है। ऐसा न हो कि ज्योति आने के बाद सुधा को अपने बच्चे के लिए एक दिन उससे मिलना आवश्यक बन जाए। तब उसकी वास्तविकता खुलते ही सबका जीवन नर्क बन जायेगा। वैसे पूरी सावधानी बरतने के लिए आज दिल्ली में रहने का विचार उसका जरा भी नहीं था। परन्तु इस समय वह विवश था। बेहोशी बढ़ती ही जा रही थी। डाक्टर कल शाम को आया था और आज सुबह भी। तबियत खराब होने का कोई ठोस कारण नहीं प्राप्त कर सका, फिर भी दवा दे दी थी। ज्वर उतरा और फिर चढ़ गया था। दिल टूट जाए तो कोई दवा असर नहीं करती है। आज सुधा की पट्टी खुलने वाली थी-शायद खुल भी गई हो। उसका संसार उजागर हो रहा था और आनन्द का मद्धिम!

हरिया अपने मालिक के दिल की स्थिति से परिचित था। परन्तु उसकी समझ में नहीं आ रहा था कि क्या करे? वह खुद भी सुधा को सब कुछ बताकर उसके दिल से अपने मालिक की श्रद्धा कम करने के पक्ष में नहीं था। डाक्टर के निर्देश के अनुसार वह आनन्द के सिरहाने बैठकर उसके सिर पर ठण्डे पानी से भीगा कपड़ा रखता जा रहा था परन्तु फिर भी ज्वर कम नहीं हो रहा था। ऐसा लगता था मानो आग में जलकर आनन्द का शरीर भस्म हो जायेगा। सहसा आनन्द बेहोशी की अवस्था में बड़बड़ाने लगा। अपने मालिक की ऐसी स्थिति देखकर हरिया घबड़ा गया। आनन्द के मस्तक पर उसी प्रकार भीगा कपड़ा छोड़कर वह तुरन्त डाक्टर को बुलाने चला गया। मालिक की अवस्था उससे देखी नहीं जाती थी।

कमरे में खामोशी थी-भयानक खामोशी-और एक किनारे मेज पर रखी 'टाइम पीस' की टिक-टिक के साथ समय बीत रहा था। आनन्द ने एक आह ली। फिर वह इस प्रकार बड़बड़ाने

लगा मानो किसी से विनती कर रहा हो, ''मैं पापी नहीं हूं...मैंने कोई पाप नहीं...किया...मैं...मैं...पा...'' उसका स्वर लड़खड़ाकर उसके होंठों के अन्दर घुटने लगा।

''कौन कहता है आप पापी हैं? आप तो देवता हैं-साक्षात् देवता।''

अचानक उसके कानों में आवाज पड़ी-बहुत ही मीठी-सुरीली-जिसे सुनने के लिए उसके कान तरस रहे थे-जो कानों में रस बनकर पड़ी तो ठण्डक लिए दिल की गहराई में उतर गई। उसे सपने में मानो किसी ने बहुत दूर से पुकारा था। उसके दिल के शोले कम हो गए। डूबती सांसों को सहारा मिला तो बेहोशी की अवस्था में वह बहुत हल्के से मुस्करा दिया। जबसे सुधा इस बंगले को छोड़कर गई है उसे उसकी उपस्थिति का अहसास एक-एक चप्पे पर होने लगा है। उसके पगों की चाप, उसकी सांसों की मीठी सुगन्ध-और इसीलिए उसने अपनी आंखें भी नहीं खोलीं। सुधा की तस्वीर तो उसकी आंखों के बंद पपोटों में कैद है।

हरिया ने उसके सिर पर ठण्डे पानी का कपड़ा फिर रखा-उसने इसका अहसास किया। उसे इतना होश आ चुका था। स्वप्न की आवाज में कुछ ऐसा ही जादू था। परन्तु नहीं-मस्तक पर भीगा कपड़ा रखने वाली अंगुलियों का स्पर्श हरिया का नहीं है-इस बात का अहसास भी उसने पूरी तरह किया। यह अंगुलियां तो बहुत कोमल हैं-इन अंगुलियों में एक असाधारण-सी आग है-ठण्डी-ठण्डी आग जो उसने अपने जीवन में केवल एक बार ही महसूस की थी-सुधा का स्पर्श प्राप्त करने के बाद-उसी भीगी रात में जब वह सुधा से टकरा गया था। उस आग को वह कैसे भूल सकता है? कैसे भूल सकता है?

अपने अहसास पर उसे विश्वास नहीं हुआ तो घबराकर उसने झट अपनी आंखें खोल दीं। उसकी आंखों के दर्पण पर सुधा का मुखड़ा था। यह सपना है या वास्तविकता, वह कोई अनुमान नहीं लगा सका। सुधा का मुखड़ा गंभीर था-चिन्तित भी था। यह चिन्ता क्या उसी के लिये है? सुधा उसके बिलकुल समीप एक स्टूल पर बैठी उसके सिर पर दोबारा पानी से भीगा कपड़ा रख रही थी। उसकी दृष्टि कहीं और थी। उसके शरीर से उठती भीनी-भीनी सुगंध वास्तव में उसके नथुनों को प्राप्त हो रही थी। उसे विश्वास ही नहीं हुआ। इस विश्वास की पुष्टि करने के लिए उसने झट अपने सिर पर रखा हुआ हाथ पकड़ लिया और सुधा का हाथ सचमुच उसकी पकड़ में आ गया। सुधा चौंक पड़ी। कसमसाते हुए उसने अपना हाथ छुड़ा लिया तो आनन्द इस वास्तविकता पर स्तबध रह गया। मन चाहा, अपना चेहरा ढांक ले। यहां से भाग जाए। परन्तु वह ऐसा नहीं कर सका। शरीर में ताकत होती तब भी शायद वह ऐसा नहीं कर पाता। उसका मस्तिष्क चकराने

लगा। सुधा उसे पहचानने के बाद भी क्यों उसके इतना समीप है? क्योंकि उसकी सेवा कर रही है? क्यों? उसे इस वास्तविकता पर फिर स्वप्न का सन्देह होने लगा।

''सुधा का आपरेशन सफल नहीं हो सका, बेटा।''

सहसा उसके कानों में भगतराम का स्वर पड़ा तो उसने गर्दन घुमाकर उन्हें देखा। वह समीप ही बैठे हुए थे। अपने इस वाक्य द्वारा उन्होंने आनन्द की भारी उलझन दूर कर दी थी। उसके समीप ही नन्हा राजा खड़ा था। वह लपककर उसके समीप चला आया।

''ओह!'' आनन्द ने एक गहरी सांस ली। तो यह सब एक वास्तविकता है। वह निश्चिंत हो गया। अपनी आंखें उसने सुधा पर बिछा दीं। सुधा ने उसे पहचाना नहीं वरना इस समय ऐसी सेवा करने के बजाय उसकी मृत्यु की कामना करती होती।

सहसा कमरे में हरिया के साथ एक डाक्टर ने प्रवेश किया। हरिया ने बहुत आश्चर्य से सुधा को देखा-और फिर बाबा को भी। परन्तु जब डाक्टर को देखने के बाद बाबा ने उठकर सुधा का हाथ पकड़ते हुए उसे एक अलग कुर्सी पर बैठा दिया तो वह सब कुछ समझ गया। आनन्द को सुधा का उठना बहुत अखरा। उसे अब डाक्टर की आवश्यकता नहीं थी-सुधा के हाथों के स्पर्श की आवश्यकता थी ताकि उसके दिल के भड़कते शोले सुधा के शरीर की ठण्डी-ठण्डी आग में सम्मिलित होकर ठण्डे हो जाएं। परन्तु उसने कुछ कहा नहीं। डाक्टर ने उसे देखने के बाद एक इंजेक्शन दिया, फिर कुछ दवाइयां खिलाकर चला गया। डाक्टर के जाने के बाद जब हरिया ने दवा लेने के लिए जाना चाहा तो आनन्द ने उसे मना कर दिया।

''मत जाओ।'' आनन्द ने बड़ी कठिनाई से कहा, ''अब मुझे दवा की आवश्यकता नहीं है।''

अपने मालिक की बात सुनकर हरिया कुछ समझा-कुछ नहीं भी। परन्तु बाबा सब समझ गए। सुधा का मुखड़ा गम्भीर हो गया। वह अपने इरादे में अटल थी। आनन्द बाबू की चिन्ताजनक अवस्था देखकर पिघल जाने का यह अर्थ नहीं था कि उसे उनसे प्रेम हो गया है। एक नारी होकर वह किस प्रकार उस व्यक्ति के लिए अपने दिल को पत्थर बना सकती थी जिसके अहसानों का बदला वह कभी नहीं चुका सकती। उसका बच्चा खो जाता तो किस प्रकार रहती? मेरठ जाने से पहले वह बाबा के जोर देने पर ही उन्हें धन्यवाद देने चली आई थी। उसे क्या पता था कि आनन्द बाबू की तबियत इतनी खराब होगी। ऐसी स्थिति में उन्हें छोड़कर चले जाना भी तो पाप होता। आखिर उन्होंने बहुत आड़े समय उसकी सहायता की थी। उसने निश्चय कर लिया, आनन्द

बाबू जैसे ही कुछ स्वस्थ होंगे, वह यहां से चली जायेगी। यह जानकर भी कि वह उससे प्रेम करते हैं, वह किस तरह उनके समीप रह सकती है?

अस्पताल में पट्टी खुलने के बाद जब भगतराम को ज्ञात हुआ कि सुधा देख नहीं सकती, आपरेशन नाकाम है तो उनका वह भय दूर हो गया जो सुधा की आंखें आने के बाद उत्पन्न हो गया था। सुधा के लिए यह ठीक हुआ या नहीं, अब वह कोई अनुमान नहीं लगा सके। भगवान जो करता है ठीक ही करता है। ज्योति न आने पर सुधा के दिल में क्या बीती वह अच्छी तरह जानते थे। अपने लाड़ले को न देख पाई तो वह तड़पकर रह गई थी। यहां आने से पहले सुधा ने उन्हें याद दिलाया कि आनन्द बाबू बाहर गए हैं तो उन्होंने कह दिया कि देखने में हर्ज ही क्या है? शायद आ गए हों।

पिछली बार भगतराम जब आनन्द से मिले थे तो वह अस्वस्थ था, इसीलिए उसके प्रति चिन्ता भी लगी हुई थी परन्तु जब वह सुधा के साथ यहां आए और आनन्द की अवस्था बहुत गम्भीर देखी तो उनके लिए ठहरना आवश्यक हो गया। सुधा को जब आनन्द की स्थिति का ज्ञान हुआ तो उसके मन को चोट पहुंची। उसने आनन्द का हाथ छुआ तो ऐसा लगा मानो किसी अंगारे पर अंगुलियां रख दी हों। उसके प्यार ने आनन्द की क्या अवस्था कर दी। परन्तु वह कितनी मजबूर थी। उसके लिए करती भी क्या? उसका धर्म-ध्येय? उसका निर्दोष पति उसकी याद को छाती से लगाए फांसी के तख्ते पर चढ़ गया। और वह अपने जीते जी उसे भूलकर किसी और को बसा ले? यह कैसे हो सकता है? यह कभी नहीं हो सकता? अपने उद्देश्य पर अटल रहने के पश्चात् वह आनन्द की सेवा करने पर विवश है। मानव ही मानव के काम आता है।

तीन दिन बीत गए। इन तीन दिनों में आनन्द का स्वास्थ्य जितना सुधरा, सुधा उतनी ही उससे दूर हो गई। सुधा के खिंचे-खिंचे ढंग तथा दूरी से आनन्द का वह भ्रम दूर हो गया जो पहले दिन अपने मस्तक पर सुधा की उंगलियों का स्पर्श प्राप्त करके उत्पन्न हो गया था। फिर भी उसे आशा बंध गई थी। सुधा उसे पहचान नहीं सकती है इसलिए यहां से मेरठ जाने के बाद भी वह किसी बहाने सुधा से सम्पर्क रख सकता है। सम्पर्क स्थिर रहने से बहुत कुछ होने की आशा थी।

सुधा आनन्द के पास बहुत कम जाती। जाती तो केवल उसके स्वास्थ्य के बारे में पूछती। फिर कुछ देर गुमसुम बैठती-मन ही मन सतर्क होकर, मानो उसकी पतिभक्ति पर आंच न आ जाए। ऐसा वह अपने दिल के सन्तोष के लिए कर रही थी या आनन्द के अहसानों की मजबूरी का एक बहाना लेकर, वह समझ न सकी। आनन्द की वह मेहमान है। ऐसी स्थिति में उससे सदा

ही दूरी बरतना मानवता नहीं थी। चौथे दिन सुबह जब वह आनन्द के समीप बैठी हुई थी तो उसके मस्तिष्क को दिल पर काबू करने के लिए काफी संघर्ष करना पड़ा। ऐसा लगता था मानो उसकी इच्छा के विरुद्ध यह छाती फाड़कर आनन्द का बन जाना चाहता है। क्या यह भी प्यार का रूप है? प्यार-जो करती वह अपने स्वर्गवासी पति से है परन्तु सहानुभूति का सहारा लेकर आनन्द के लिए उत्पन्न हो जाना चाहता है! यह कैसा प्यार है? आनन्द ने उसकी उपस्थिति में कभी कोई बात नहीं की फिर भी उसके दिल में उसने प्यार का ज्वालामुखी फटकर बाहर आ जाए, उससे अपने भटकते विचारों को झटक दिया और उठ खड़ी हुई। जाकर अपने कमरे में लेट गई और जबरदस्ती आंसू बहाने लगी-पति के वियोग में। उसने तय कर लिया, वह आज ही बाबा से मेरठ वापस चलने को कहेगी। अब और वह यहां नहीं रह सकती। आनन्द बाबू की स्थिति अब सन्तोषजनक है। उन्हें हरिया यहां संभाल लेगा।

सुधा के जाने के बाद आनन्द एक पल खामोश रहा। उसने सुधा के चेहरे की झुंझलाहट पढ़ ली थी। मुखड़ों पर आई-गई छाया पढ़ना कभी उसका पेशा ही था। वह समझ गया, सुधा अब जल्द ही मेरठ वापस चली जाना चाहती है। उसके दिल में टीस उठी, परन्तु मेरठ जाने के बाद भी उससे सम्पर्क रखने की जो आशा बंधी हुई थी, वह नहीं टूटी। आशा है तो सब कुछ है। उसने हरिया को बुलाकर मेज की दराज से कुछ कागजात निकलवाए। हरिया ने कागजात लाकर दे दिये। उसे इन कागजात का महत्व मालूम था इसलिए उसने मेज पर से कलम उठाकर बाबा को थमा दिया। बाबा ने उसे आश्चर्य से देखा-फिर आनन्द ने उन्हें अपने समीप कुर्सी सरकाने को कहा और फिर हस्ताक्षर के लिए कागजात उनकी ओर बढ़ा दिये।

''यह क्या है?'' बाबा ने आश्चर्य से पूछा।

''आपको याद होगा, आपरेशन से पहले सुधा देवी की बात का गहरा असर लेकर मैं बाहर चला गया था और रात को बहुत देर से लौटा था?''

''हां...याद है।''

''उस दिन मैं मेरठ चला गया था। आपके उन किरायेदार दुकानदारों से मिला और फिर उन्हीं से पता लेकर उस महाजन से भी मिला जिसके हाथों आपका मकान गिरवी है। सभी से सारी बातें तय कर ली हैं और मैं अब चाहता हूं कि आपका सारा कर्ज उतर जाए और आपको नियमित रूप से हर साल इतना किराया मिलता रहे कि आपमें से किसी को कभी कोई कष्ट न हो।''

भगतराम आनन्द को फटी-फटी आंखों से देखने लगे। आनन्द सुधा से कुछ न प्राप्त करने के पश्चात अपना सब कुछ लुटाये जा रहा है। यह बात उन्हें उचित नहीं लगी। उन्होंने इंकार कर देना चाहा।

''मैंने वकील के द्वारा यह सारे कागजात तैयार कराये हैं। जब आपसे इन पर हस्ताक्षर लेने का समय आया तो आपने अचानक आना ही बंद कर दिया। हस्ताक्षर के लिए मैं हरिया को भेजता ताकि आपके मेरठ पहुंचने से पहले सब कुछ ठीक हो जाए परन्तु मेरा स्वास्थ्य ही बिगड़ गया। मेरे कारण हरिया भी आपके पास नहीं जा सका।'' आनन्द ने कागज उनकी ओर बढ़ा दिए।

''नहीं, नहीं बेटा।'' भगतराम का दिल आनन्द की महानता पर झुक गया। उन्होंने कहा- ''हम इतना बड़ा अहसान नहीं ले सकते, यह अन्याय है।''

''यह अन्याय नहीं है।'' आनन्द ने कहा, ''बल्कि आपका यह एक उपकार होगा कि आपने मुझे अपनी भूल का प्रायश्चित करने में सहायता दी। हस्ताक्षर कर दीजिए बाबा...प्लीज।'' आनन्द ने मानो विनती की।

धन्य है आनन्द-बाबा सोचे बिना नहीं रह सके। उन्हें ऐसी सहायता की आवश्यकता भी थी-सख्त आवश्यकता थी। वह बूढ़े हैं-सुधा अन्धी है, राजा बहुत नन्हा है। कुछ दिनों बाद मकान हाथ से निकल जायेगा तो वे रहेंगे कहां? जीवन निर्बाह कैसे होगा? रहने को एक घर तथा खाने को दो रोटी तो सभी को चाहिए। वह सोच में पड़ गए।

''बाबा।'' आनन्द ने कहा, ''यदि आपने इंकार किया तो मैं यही समझूंगा कि सुधा देवी के समान आप भी मुझसे घृणा करते हैं।''

बाबा की आंखों में आंसू आ गये-प्यार के आंसू। उन्होंने आनन्द की प्रसन्नता, सुख और शांति की कामना दिल की गहराई से की और फिर खामोशी से झुकते हुए सभी कागजातों पर हस्ताक्षर कर दिये।

''धन्यवाद बाबा-धन्यवाद।'' आनन्द ने कहा और फिर कागजात हरिया की ओर बढ़ाता हुआ बोला, ''यह लो। चेक पहले ही मैं काट चुका हूं। दूसरी दराज से निकाल लो और तुरन्त जाकर वकील साहब से मिलो और हो सके तो आज ही, बल्कि अभी ही, टैक्सी से मेरठ चले जाना।'' बाबा भगतराम आनन्द को बहुत कृतज्ञ होकर देख रहे थे। आनन्द उनकी ओर मुड़ा। बोला, ''बाबा, हो सके तो यह बात सुधा देवी को कभी नहीं बताइयेगा।''

बाबा चुपचाप सिर हिलाकर अंगुलियों द्वारा अपने आंसू पोंछने लगे।

उस दिन दोपहर में जब आनन्द के लौटने के बाद बाबा अपने कमरे में आकर आराम करने को लेट गये तो सुधा आहट पाकर तुरन्त उनके पास जा पहुंची। ''बाबा।'' उसने कहा, ''आनन्द बाबू को अब हरिया देख सकता है। हमें यहां से तुरन्त चले जाना चाहिए। मैं अब और यहां नहीं रह सकती।''

बाबा आनन्द की कृपाओं से अत्यधिक प्रभावित थे फिर भी उन्हें सुधा की जिद के आगे झुकना पड़ता। परन्तु इस समय ऐसा न करने का उनके पास एक अच्छा बहाना था। उन्होंने कहा, ''हरिया शहर के बाहर गया हुआ है। वह आ जाए तो हम जा सकते हैं। ऐसी स्थिति में आनन्द बाबू को छोड़ना उचित नहीं होगा।''

सुधा सोच में पड़ गई। फिर पूछा, ''कहां है

वह?''

''कुछ पता नहीं बेटी।'' भगतराम ने कहा, ''परन्तु कल रात से पहले तो शायद ही लौटे।''

सुधा मन मारकर अपने कमरे में चली आई थी। एक-दो दिन उसे किसी प्रकार बिताना ही पड़ेगा।

***

उस रात जब सुधा अपने नन्हे राजा के साथ पलंग पर लेटी तो हवाएं भीगी-भीगी थीं। कुछ देर बाद बादल गरजा तो उसने ज्ञात किया कि बाहर बदली छाई है। और जब कुछ देर बाद वर्षा भी आरम्भ हो गई तो जाने क्यों उसका दिल कांप उठा। फिर वही अज्ञात भय!! कुछ ऐसी रात वह भी थी जब उसकी टक्कर आनन्द से हो गई थी। तब वह स्वयं पर ही खीझ उठी थी। फिर वही आनन्द बाबू का विचार-उन्हीं की बातें याद करना! उसे ऐसा लगा मानो आनन्द प्यार का कांटा फेंककर एक मछली समान फंसाकर उसे अपनी ओर खींच लेना चाहता है। परन्तु वह अपनी सीमा छोड़कर नहीं जायेगी वर्ना तड़प-तड़पकर मर जाएगी। अपने पति के प्यार को भुलाकर वह कभी नहीं जीवित रह सकती। वह अपने आपको मानो जबरदस्ती विश्वास दिला रही थी। इसी उलझन में काफी रात बीत गई।

सहसा वर्षा की झिमिर-झिमिर में उसके कानों ने एक चीख सुनी, ''सुधा!'' चीख उसके बगल के कमरे से आई थी, मानो कोई बाबा का गला दबा रहा था।

हड़बड़ाकर सुधा उठ बैठी। घबराकर जोर से चीख पड़ी, ''बाबा!'' परन्तु उसकी चीख से नन्हे राजा की नींद नहीं भंग हो सकी। लपककर वह दरवाजा खोलने के बाद बाबा के कमरे की ओर बढ़ गई। सहसा वह बाबा के कमरे के दरवाजे पर किसी से टकरा गई। गिरते-गिरते बची। फिर वही मजबूत बांहें जिन्होंने उसे एक बार पहले भी संभाला था। परन्तु इस समय उसके दिल में कोई चोर नहीं था इसलिए वह कोई प्रभाव भी नहीं ले सकी। उसे बाबा की चिन्ता थी और वह टकराने वाले को धक्का देकर आगे बढ़ जाना चाहती थी। उसका दिल बहुत तेज धड़क रहा था। परन्तु वह आगे नहीं बढ़ सकी। ठण्ड के कारण बाबा ने दरवाजा अन्दर से बंद कर रखा था।

''क्षमा कीजिएगा सुधा देवी।'' यह आनन्द का स्वर था, ''बाबा की चीख सुनकर मुझे भी आना पड़ा। परन्तु यह दरवाजा ही अन्दर से...'' कहते-कहते रुककर उसने एक पल सोचा, ''जरा आप किनारे हटिये।''

सुधा किनारे हट गई। आनन्द कुछ पीछे आया। फिर दौड़कर कंधे से दरवाजे को एक धक्का दिया। उसका शरीर अस्वस्थ था, फिर भी कब्जे टूट गये। दरवाजा गिर पड़ा। उसने दरवाजे को एक किनारे ढकेला। फिर अन्दर पहुचकर बत्ती जला दी। तब तक सुधा बाबा के समीप पहुंच चुकी थी। बाबा पलंग पर पड़े हांफ रहे थे। वर्षा की झिमिर-झिमिर में भी उनकी घरघराती सांसें साफ सुनाई पड़ रही थीं। सुधा ने टटोलकर बाबा का हाथ पकड़ लिया, उसने घबराकर पूछा, ''क्या बात है, बाबा? क्या हुआ?''

''मेरा दिल बैठा जा रहा है बेटी। सांस घुट रही है। शायद दिल का दौरा है।'' बाबा ने पस्त अवस्था में कहा।

आनन्द बाबा के समीप आ चुका था। उसे बाबा की स्थिति समझते देर नहीं लगी-दिल का दौरा।

''सुधा देवी, आप बाबा की छाती मलिए। मैं डाक्टर को बुलाता हूं।'' उसने कहा। फिर किसी बात की प्रतीक्षा किए बिना ही कमरे से बाहर निकल गया। वर्षा जारी थी। ठण्ड भी कम न थी। उसकी अपनी अवस्था भी ठीक नहीं थी, फिर भी उसे डाक्टर को बुलाने जाना था क्योंकि हरिया मेरठ गया हुआ था।

सुधा अपने दुर्भाग्य पर आंसू बहाते हुए बाबा की छाती मल रही थी। वह बाबा की स्थिति देख नहीं सकती थी। परन्तु बाबा की छाती के उतार-चढ़ाव तथा सांसों की घरघराहट सुनकर उसका अपना दिल बैठा जा रहा था।

‘‘बेटी।’’ बाबा मानो अपने जीवन से संघर्ष करते-करते हार चुके थे। उनका स्वर डूब रहा था। उन्होंने बहुत कठिनाई से रुक-रुककर कहा, ‘‘मैं अब तेरा साथ नहीं दे सकता। मुझे...क्षमा कर देना बेटी और...आनन्द को भी। वह...देवता...है...देवता।’’ भगतराम का स्वर समाप्त हो गया। सांस रुक गई। शरीर एक शव समान ढीला पड़ गया।

‘‘नहीं-नहीं-नहीं।’’ सुधा देख नहीं सकती थी, परन्तु अहसास हो गया-बाबा चले गये। चीख मारकर वह बाबा की छाती पर गिर पड़ी और फूट-फूटकर रो पड़ी। ऐसा करते समय जब उसका हाथ अनजाने में बाबा के मुखड़े पर पड़ा तो उसकी अंगुलियां आंसुओं से तर हो गईं। बाबा के आंसू अब तक गरम थे। निश्चय ही अपनी बेटी को बेसहारा छोड़ते हुए उनका दिल फटा जा रहा होगा। उसके बाबा उसे कितना प्यार करते थे। वह हिचकियां लेकर रोती रही-सिसकती रही। और वर्षा की झिमिर-झिमिर में उसका स्वर डूबता चला गया। उसे तब होश आया जब उसके कानों में आनन्द का स्वर सुनाई पड़ा।

‘‘आइये डाक्टर साहब-‘‘जल्दी।’’ आनन्द कह रहा था।

डाक्टर ने आगे बढ़कर बाबा की कलाई थामी। आंखों की पुतलियां भी देखीं। फिर आनन्द को देखकर बहुत आहिस्ता से नहीं के इशारे पर सिर हिला दिया।

सुधा अब तक बाबा की छाती से लिपटी सिसक रही थी। आनन्द ने अपने भीगे हाथों द्वारा उसकी बांह पकड़ी और उसे बाबा से अलग करते हुए कहा, ‘‘बाबा चले गए सुधा देवी।’’ उसका स्वर बहुत उदास था।

सुधा ने कोई उत्तर नहीं दिया। आनन्द का हाथ छुड़ाकर वह दीवार से सट गई और फूट-फूटकर रो पड़ी।

***

तेरहवीं बीत गई। आनन्द ने बाबा की आत्मा की शान्ति के लिये अन्तिम रस्म पूरी करने में कोई कमी नहीं की। इतने दिन वह सुधा से बहुत कम मिला। ऐसा न हो कि वह अपनी मजबूरी के कारण कोई गलत अनुमान लगा ले। सुधा को उसने उसके हाल पर छोड़ दिया था। प्रायः राजा को वह अपने साथ ही रखता। सुधा अपने कमरे में बैठकर घण्टों सोचती रहती। उसके जीवन का क्या बनेगा? वह अन्धी है और राजा बिल्कुल नन्हा। उसकी अंगुली पकड़कर वह उसे रास्ता भी तो नहीं दिखा सकती है। संयोग ने उसे कहां-से-कहां ला पटका? आनन्द बाबू की

कृपा दृष्टि पर क्या अब कभी इस घर को छोड़कर जा सकेगी? बाबा के बिना वह कैसे पग बढ़ाएगी?

एक बात उसकी समझ में बिल्कुल भी नहीं आ सकी। बाबा ने क्यों कहा था कि वह आनन्द बाबू को क्षमा कर दे? आखिर कौन-सा ऐसा पाप उन्होंने किया है? वह तो पहले ही उसके लिये देवता हैं। परन्तु फिर वह इसी निष्कर्ष पर पहुंची थी कि बाबा को ज्ञात होगा कि आनन्द बाबू उसे प्यार करते हैं और प्यार करना पाप नहीं। इसीलिये क्षमा करे को कह दिया होगा। अब उसके ध्येय का क्या होगा? उसकी तपस्या? पति- भक्ति! स्वर्गवासी पति का प्यार? और इन सब परिस्थितियों का एक ही कारण था-इंस्पेक्टर जोशी। यदि उस पापी ने उसके पति को मृत्युदण्ड नहीं दिलाया होता तो निश्चय ही आज उसे इस प्रकार ठोकर नहीं खानी पड़ती। वह दिन भर इंस्पेक्टर जोशी को कोसती रहती। उसका जीवन अब उस नाव के समान हो गया था जो परिस्थितियों के घेराव में कभी भी डूब सकती थी। फिर भी उसे आनन्द पर इतना विश्वास अवश्य था कि वह उसकी मजबूरी से कभी लाभ नहीं उठाएगा। आनन्द पर विश्वास करने के अतिरिक्त उसके पास चारा ही क्या था? मानव को परिस्थिति से समझौता करना ही पड़ता है।

कुछ दिन बाद आनन्द के अन्दर एक विचित्र ही परिवर्तन आ गया। सुधा की समीपता ने उसके दिल के भड़कते शोलों को हवा दी तो उसकी दीवानगी फिर लौट आई। वह सुधा को फिर खामोशी से निहारने लगा-बहुत देर तक और जब उसका दिल बेकाबू हो जाता तो चुपचाप वह उसके पास से हट जाता। सुधा की छवि उसके दिल में और गहरी हो रही थी। उसे विश्वास था कि वह सुधा के मन में अपने प्यार की चिंगारी पहले ही उत्पन्न कर चुका है। अब केवल इसे हवा लगने की देर है ताकि प्यार के शोले भड़क उठें। और वह अपने त्याग द्वारा प्यार की इस चिंगारी को अवश्य हवा देता रहेगा ताकि सुधा मजबूर होकर एक दिन अपने आपको खुद ही उसके हवाले कर दे। इसी विश्वास के सहारे उसने अपने बाद अपना सब कुछ सुधा के नाम कर दिया।

एक दिन आनन्द की यह दीवानगी सीमा से कुछ अधिक ही बढ़ गई। प्यार की दीवानगी की कोई सीमा नहीं। इन दिनों दिल्ली में एक सर्कस लगा हुआ था। उस दिन सुबह ही उसने एक योजना बनाई। बाजार से कुछ विशेष वस्तुएं खरीदीं। फिर शाम को अपनी योजना को साकार रूप देने के लिए उसने पहले नन्हे राजा को हरिया के साथ सर्कस भेज दिया। फिर बक्स में से खरीदी हुई वस्तुएं निकालीं और सुधा के कमरे में प्रविष्ट हो गया। सुधा उसकी आहट पाकर आंचल खींचती हुई सतर्क हो गई।

‘‘सुधा देवी’’-आनन्द ने उसके सामने कुर्सी पर बैठते हुए विनती की। वह जो भी पग उठा रहा था। बहुत भयानक था। परन्तु दिल से मजबूर होकर अपनी उस इच्छा को वह पूरी करना चाहता था जो एक युग से उसके मन में पनप रही थी। उसने कहा, ‘‘इस समय मेरे हाथ में एक साड़ी है।’’

‘‘साड़ी?’’ सुधा ने आश्चर्य से पूछा।

‘‘जी हां।’’ आनन्द ने साड़ी पैकिट से निकालकर सुधा की ओर बढ़ा दी। बोला, ‘‘मैं चाहता हूं आप इसे पहन लें-अभी।’’

‘‘अभी?’’ सुधा को और भी आश्चर्य हुआ।

‘‘जी हां।’’ आनन्द ने कहा, दिल जो भी कराये कम है। बात उसने जारी रखी-‘‘आपको याद होगा कि एक बार मैंने एक कम्पनी का ‘शेयर’ खरीदने की बात की थी। वह मैं खरीद चुका हूं। परन्तु आज उसी कम्पनी का एक ‘डायरेक्टर’ अपनी पत्नी के साथ मेरे घर आ रहा है। मैं चाहता हूं, मेरे साथ आप भी उनके स्वागत में सम्मिलित हों।’’

सुधा एक पल सोचती रही। आनन्द उसकी हर इच्छा पूरी करता रहा है। वही एकमात्र उसका सहारा है। उसकी छोटी-मोटी बातें पूरी न करना अन्याय होगा। उसने हाथ बढ़ाया तो आनन्द ने साड़ी उसे थमा दी। साड़ी रेशमी थी, एक युग के बाद उसके हाथों ने ऐसे कपड़े का स्पर्श प्राप्त किया तो उसे अपना पति याद आ गया। साड़ी कांटा बनकर चुभ गई। उसने इस फेंक देना चाहा, परन्तु ऐसा करने से पहले उसने पूछकर अपने संदेह की पुष्टि कर लेना उचित समझा।

‘‘रेशमी साड़ी है?’’

‘‘जी हां।’’ आनन्द ने अपने गले में अटके थूक को घोंटकर कहा, ‘‘परन्तु बहुत ही साधारण।’’

‘‘ओह!’’ सुधा एक पल सोच में पड़ गई। उसे आनन्द पर पूरा विश्वास था। अपने अन्नदाता के लिये इस साधारण साड़ी को पहन लेने में उसने कोई बुराई नहीं समझी। पूछा, ‘‘इसका रंग?’’

‘‘वही सफेद, जो आप पहनती हैं।’’

सुधा ने साड़ी स्वीकार कर ली।

आनन्द को उत्साह मिला तो उसने एक पैकिट और उसकी ओर बढ़ाया। बोला, ‘‘यह लीजिये। इससे अपने आपको संवार लीजिये। हमारे मेहमान की पत्नी बहुत बन-ठनकर आयेगी।’’

''यह क्या है?'' सुधा ने पैकिट ले लिया।

''यह कुछ...कुछ जेवर हैं।'' आनन्द ने डरते-डरते कहा।

''आनन्द बाबू...'' सुधा चैंकते हुए कांपकर खड़ी हो गई, इस प्रकार कि उसके हाथ से पैकिट छूटकर गिर पड़ा। गोद से साड़ी भी सरककर नीचे गिर गई। सुधा बोली, ''आप मेरे विधवापन का मजाक उड़ा रहे हैं।''

''नहीं-नहीं सुधा देवी!'' आनन्द भी झट खड़ा हो गया। बोला, ''आप मुझे गलत न समझें। मैंने तो आपसे एक विनती की थी।''

''आपकी यह विनती मैं मरते दम तक पूरी नहीं कर सकती।'' सुधा ने एक पंख कटे पक्षी के समान फड़फड़ाकर कहा। यदि इस समय उसके पास संसार में एक छोटा-सा सहारा भी होता तो वह यहां से तुरन्त चली जाती। आनन्द बाबू कोई भी हों, उन्हें उसका धर्म भ्रष्ट करने का कोई अधिकार नहीं।

''मुझे अफसोस है।'' आनन्द ने निराश स्वर में कहा। अपनी भूल पर वह पछता रहा था। इतनी जल्दी उसे सुधा के साथ ऐसा नहीं करना चाहिए था। परन्तु इस भूल के बदले वह यह बिलकुल नहीं चाहता था कि सुधा उसे छोड़कर चली जाये। उसने कहा, ''मुझे क्षमा कर दीजिएगा।'' और फिर वह साड़ी तथा जेवर का डिब्बा उठाकर कमरे से बाहर चला गया।

उस शाम आनन्द का कोई भी मेहमान नहीं आया तो सुधा को बहुत आश्चर्य हुआ। आनन्द बाबू ने ऐसा किया क्या? क्या वह उसकी सुन्दरता को बना-संवारकर निहारना चाहते हैं? क्या इस प्रकार छिप-छिपकर देखने से उनका मन नहीं भरा? कहीं वह अब भी उसे छिप-छिपकर तो नहीं देखते हैं? उस रात बहुत देर बाद वह इन्हीं उलझनों में परेशान रही। वह किस प्रकार आनन्द बाबू से पीछा छुड़ाए? कहां जाए? बिना स्वार्थ एक सुन्दर अबला को कौन सहारा देगा? परन्तु अन्त में उसे अपनी कठिनाइयों का एक हल मिल ही गया। वह आनन्द बाबू से कहेगी कि वह राजा को अपने पास रख लें और उसे अंधों के स्कूल में भेज दें। जब राजा कुछ बड़ा हो जायेगा तथा वह भी उसे संभालने योग्य हो जागेगी तो उसे अपने साथ ले जायेगी। आनन्द बाबू देवता हैं। वह उसकी मजबूरी को समझ लेंगे। यद्यपि वह जानती है कि राजा के बिना उसका जीना कठिन हो जायेगा परन्तु अपने आपको पति भक्ति की अग्नि परीक्षा में सफल उतारने के लिए उसके पास दूसरा कोई चारा भी नहीं है।

दूसरे दिन आनन्द उसके पास बिलकुल भी नहीं गया। वह समझ गई वह पिछली शाम की घटना के कारण उदास है। परन्तु वह उसके लिए कर भी क्या सकती थी? और इसीलिए जब

शाम ढलने लगी तो उसे ही आनन्द के पास जाना पड़ा। आनन्द कमरे में उसे देखकर आशा-निराशा की मिली-जुली ज्योति लिए उठ खड़ा हुआ। तब नन्हा राज उससे बातें कर रहा था।

''आनन्द बाबू।'' सुधा ने कहा, ''क्या यह संभव नहीं कि राजा को अपने पास रख लें और मुझे अंधों के स्कूल में भेज दें? ज्योति आने का तो प्रश्न ही नहीं उठता।''

आनन्द के दिल को धक्का लगा। सुधा को अपने अतीत से इतना प्रेम है कि वह अपने बच्चे से भी दूर रह सकती है। अब वह सुधा का मन कभी नहीं जीत सकता। फिर भी सुधा की सहायता वह अवश्य कर सकता है। उसने तय कर लिया, वह सुधा को अपनी आंखें दान कर देगा और फिर अपनी वास्तविकता भेद में रखकर उसके संसार से बहुत दूर चला जायेगा। इसी में उसकी भूल का सुधार है। उसका प्रायश्चित पूरा हो जायेगा। उसने निराश स्वर में कहा, ''ज्योति आने का प्रश्न क्यों नहीं उठता? आपकी आंखों का आपरेशन फिर होगा-अवश्य। मैं कल ही डाक्टर से मिलूंगा।''

सुधा बिना कोई उत्तर दिये अपने कमरे में वापस चली आई। उसने आनन्द की बातों पर विश्वास था। इस बार आपरेशन कामयाब होगा।

उस रात अपने नन्हे राजा को छाती से लगाए वह ज्योति पाने की आशा में निश्चिंत सो रही थी कि जोरदार बिजली की कड़क से उसकी आंखें खुल गईं। बादल भी गरजा-बहुत समीप ही। परन्तु नहीं, यह बादल की गरज नहीं थी। कोई ठहाका लगा रहा था-हा-हा...हा-हा...हा-हा...हा-हा...हा-हा...हा-हा...हा-हा। वह चौंककर उठ बैठी। बिजली फिर कड़की-परन्तु नहीं, वह तो किसी बन्दूक के चलने का स्वर था। उसका दिल बहुत जोर से धड़कने लगा। हे भगवान, यह सब क्या हो रहा है? कांपकर उसने अपने नन्हे राजा को छाती से लगा लिया। संसार की बातों से निश्चिंत वह अब तक सो रहा था।

''कमीने...नीच।'' कोई कह रहा था। किसी का कड़कता हुआ स्वर था यह। ''तूने मेरा जीवन नष्ट कर दिया। मैं भी तुझे जीवित नहीं छोड़ूंगा। यदि मुझे ज्ञात होता कि तेरे कारण मुझे सजा हो जाएगी तो जेल जाने से पहले ही तेरी हत्या कर देता। जब तू जेल से छूटा तो मुझे सजा हो चुकी थी वरना उस दिन भी तुझे नहीं छोड़ता। मैंने प्रतिज्ञा की थी कि तुझसे अवश्य बदला लूंगा और इसीलिए आज जेल से भाग निकलने में सफल हो गया हूं। बड़ा सत्य का पुजारी बना फिरता है। हा-हा...हा-हा...हा-हा...हा-हा।'' एक गोली फिर चली।

गोली के स्वर पर कोई तड़प कर चीख पड़ा, ''आह!'' यह स्वर, आनन्द का स्वर, सुनने के लिए उसके कान सदा ही चौकन्ने रहते थे। उसका दिल जोर-जोर से धड़कने लगा। यह सब

क्या हो रहा है? कहीं किसी ने आनन्द बाबू की हत्या करने का तो प्रयत्न...नहीं-नहीं। ऐसा नहीं हो सकता। ऐसा हर्गिज नहीं होना चाहिए।

सुधा के कमरे के बाहर एक भयानक वातावरण था। हत्यारे ने आनन्द को पहचान कर ही गोली चलाई थी। बत्ती जलने के बाद आनन्द की आंखें खुल गई थीं। बत्ती जलने के बाद उसके कमरे के दरवाजे के बीच एक छाया लपककर खड़ी हो गई थी। आनन्द उसे तुरन्त पहचान गया था। मनोहर-सेठ गोविन्द प्रसाद की चचेरी बहन का लड़का। मनोहर का मुखड़ा भयानक था। आंखों में रक्त तैर रहा था। उसके हाथ में एक रिवाल्वर थी, जिसे आनन्द ने ज्यों ही देखा, मामले की तह समझते देर न लगी। उसने तुरन्त पलंग से उतरने का प्रयत्न किया था, परन्तु हत्यारे ने उसे अवसर दिए बिना ही गोली चला दी थी। तब भी वह उठकर हत्यारे का सामना करने के लिए बढ़ गया था, परन्तु जब हत्यारे की दूसरी गोली लगी तो वह वहीं फर्श पर गिर पड़ा था। हत्यारे ने एक सोते हुए शेर को मारने के बाद बहुत बहादुरी समझते हुए उसे जी भरकर गालियां दी थीं।

आनन्द ने एक बार फिर हत्यारे के हाथ से रिवाल्वर छीन लेना चाहा, परन्तु हत्यारा डरपोक ही नहीं, निर्दयी भी था। उसने तीसरी गोली भी चला दी। परन्तु आनन्द तब भी बहुत सख्त जान सिद्ध हुआ। उसकी आत्मा इतनी जल्दी हृष्ट-पुष्ट शरीर को छोड़ने के लिए तैयार नहीं थी। फूलती सांसों के साथ पस्त अवस्था में उसने देखा, मनोहर के सिर के पीछे से अचानक ही किसी ने एक भरपूर डण्डा मारा। मनोहर गिर कर अचेत हो गया। तभी उसकी दृष्टि के सामने हरिया प्रकट हुआ। हरिया क्रोध से कांप रहा था। हत्यारे के गिरते ही बस चीख पड़ा, ''हत्यारे, तूने मेरे मालिक को मार डाला, मैं तुझे जीवित नहीं छोड़ूंगा। नीच- जलील- पापी।'' हरिया रोते-बिलखते चीख-चीखकर हत्यारे पर इस प्रकार डण्डे बरसाने लगा मानो उसे जान से ही मार कर दम लेगा।

सुधा ने हरिया का स्वर सुना तो उसका कलेजा मुंह को आ गया। जिस ज्वालामुखी का मुख उसने अतीत का सहारा लेकर बन्द कर रखा था वह फट गया। चिंगारी शोला बनकर भड़क उठी। वह चीख पड़ी, ''नहीं।'' फिर पागलों के समान दरवाजे की ओर दौड़ी। टकराई। फिर दरवाजा खोलकर आनन्द के कमरे की ओर लपकी। हरिया अब तक हत्यारे को कोसते हुए डण्डे बरसा रहा था। सुधा को देखकर रुक गया। ''आनन्द बाबू।'' सुधा चीखकर उसके कमरे में प्रविष्ट हुई तो हत्यारे के अचेत शरीर से टकरा गई। गिरी तो हरिया ने उसे सहारा देकर उठाया। फिर फूट-फूटकर रोते हुए बोला, ''मालिक की हत्या हो गई है।''

‘‘नहीं।’’ सुधा का दिल छलनी हो गया। वह आनन्द की ओर लपकी। आनन्द के प्यार ने उसे अपनी छाती पर खींच लिया। वह आनन्द से लिपट गई तो उसके हाथों में आनन्द का रक्त लग गया-गरम-गरम रक्त। वह तड़पकर चीख पड़ी, ‘‘नहीं-नहीं आनन्द बाबू, आप मत जाइए, हमें छोड़कर मत जाइए। मैं आपके बिना एक पल भी नहीं रह सकती। मुझे क्षमा कर दीजिए।’’ वह फूट-फूटकर रो पड़ी। अपने दिल का दहकता लावा बाहर निकालने लगी, ‘‘मैं आपको प्यार करती हूं। मुझे छोड़कर मत जाइए। अब मैं आपको छोड़कर कहीं नहीं जाऊंगी...आनन्द बाबू...’’ उसकी हिचकियां बंध गईं।

आनन्द के शून्य पड़ते कानों ने जब सुधा के होंठों से ऐसे शब्द सुने तो उसकी डूबती सांसें वापस आने को तड़प उठीं। सुधा-अपनी सुधा को देखने के लिए उसकी आंखें तरसने लगीं तो उसने अपनी आंखों पर से पपोटों का बोझ हटाने का प्रयत्न किया, परन्तु उसकी ताकत कम हो चुकी थी, वह सफल न हो सका। पपोटे केवल कांपकर ही रह गये। अपनी मजबूरी का अहसास करके उसका दिल तड़प उठा। आंखों में आंसू आ गये। आंसुओं में उसके शरीर से अधिक ताकत थी इसलिए यह आंसू उसकी आंखों के बन्द पपोटों के किनारे सरककर बाहर निकल आए-कनपटी से होते हुए कानों के गढ़े में एकत्र होने लगे। कानों में एक आवाज आ रही थी-आती रही। सुधा मानो बहुत दूर से उसे पुकार रही थी, ‘आनन्द बाबू, मैं आपको प्यार करती हूं...मुझे छोड़कर मत जाइये...मत जाइए।’

आवाज डूब गई।

***

अस्पताल का भयानक वातावरण।

सुबह के लगभग आठ बजे थे। आनन्द को अब तक होश नहीं आया था। डाक्टरों ने उसके शरीर से गोलियां निकाल दी थीं। उसे रक्त दिया जा चुका था। आवश्यक इंजेक्शन लग चुके थे। फिर भी उसकी स्थिति निराशाजनक थी। उसका बयान लेने के लिए समीप ही पुलिस इंस्पेक्टर बैठा हुआ था। हरिया एक किनारे खड़ा अपने मालिक के जीवन की कामना कर रहा था। परन्तु सुधा वार्ड के बाहर थी। वह अपनी सिसकियों तथा हिचकियों पर काबू नहीं कर पाती थी इसीलिए डाक्टरों ने उसे बाहर एक बैंच पर बैठने की सलाह दे दी थी। उसका नन्हा राजा उसकी गोद में सिर रखकर कुछ न समझते हुए भी आंसू बहा रहा था। हरिया कभी-कभी बाहर आकर उसके पास भी बैठ जाता था।

नन्हे राजा को आनन्द के घर में रोज सुबह दूध पीने की आदत पड़ गई थी। कुछ देर बार जब उसे भूख का अहसास हुआ तो हरिया उसके लिये अस्पताल के बाहर से कुछ खाने को लेने चला गया। हरिया ज्यों ही अस्पताल के बरामदे में पहुंचा, एक फिएट कार पोर्टिको में आकर रुकी। कार एक लड़की चला रही थी और बगल में एक नवयुवक डाक्टर बैठा हुआ था। हरिया को लड़की परिचित लगी। वह कार के समीप चला आया-लड़की की ओर। उसे ठीक से पहचानने के लिए वह थोड़ा झुक गया और उसने उसे पहचाना। यह तो डी.आई.जी. साहब की सुपुत्री हैं-किरण मालकिन। किरण का मुखड़ा गुलाब के समान खिला हुआ था। उसके मुखड़े की लाली तथा चहक बता रही थी कि उसे संसार की कोई चिन्ता नहीं है। नया संसार बसाने के बाद मानव को अपना अतीत भूलना ही पड़ता है। डाक्टर कार से बाहर निकल रहा था। उसने जब एक अपरिचित व्यक्ति को इस प्रकार अपनी पत्नी पर दृष्टि जमाये देखा तो उसे टोक देना चाहा। परन्तु तब तक किरण की दृष्टि भी हरिया पर पड़ चुकी थी। वह उसे तुरन्त पहचान गई।

''अरे हरिया! तुम यहां कैसे!''

''मालकिन! आप और यहां?''

डाक्टर ने देखा कि उसकी पत्नी उस व्यक्ति से परिचित है तो कार का दरवाजा खोलकर उसने चल देना चाहा। उसकी ड्यूटी का समय हो गया था।

''हां-हां-हम लोग अब दिल्ली में ही आ गये हैं।'' किरण ने उसी प्रकार चहककर कहा, ''यह मेरे पति हैं-डाक्टर भटनागर। इसी अस्पताल में हैं। तुम्हारे कोई नातेदार अस्पताल में भर्ती हैं तो मैं इनसे सहायता के लिए कह दूं।''

डाक्टर भटनागर बाहर निकलते-निकलते रुक गया। शायद वह इस गरीब के काम आ जाए।

''मालकिन...मालकिन...'' हरिया एकदम से फूट-फूटकर रो पड़ा। बोला, ''मालिक...मेरा मतलब आनन्द बाबू को गोली लग गई है। बचने की कोई आशा नहीं।''

''क्या?'' किरण को ऐसा लगा मानो गोली उसकी अपनी छाती पर आ लगी है। कभी उसने भी आनन्द को दिल की गहराई से चाहा था-प्यार किया था-उसने उसके साथ जीवन बिताने का सपना देखा था। आनन्द ने उसे धोखा नहीं दिया था-उसने ही आनन्द को धोखा दिया था-उसकी सच्चाई के कारण। इसीलिए उसे बहुत कठिनाई से भूल सकी थी। आरम्भ में वह यह निर्णय नहीं कर सकी थी कि अपने डैडी के दबाव में आकर जिससे वह विवाह कर रही है वह उसे प्रसन्न रख सकेगा या नहीं? परन्तु अब वह प्रसन्न थी क्योंकि उसका पति उसकी एक-एक

अदा पर जान देता था। शादी के बाद आरम्भ में उसने एकान्त में जब भी आनन्द को याद किया उसकी सारी प्रसन्नताएं नासूर बन गईं, परन्तु धीरे-धीरे अतीत को उसे ठुकराना ही पड़ा। आनन्द एक स्वप्न के समान उसके मस्तिष्क से उतर चुका था। परन्तु जब उसने सुना कि आनन्द को गोली लग गई है तो उसका दिल छलनी हो गया-वह दिल जो कभी केवल आनन्द के लिए ही धड़कता था। उसके चहकते मुखड़े पर हवाइयां उड़ने लगीं। वह झट कार का दरवाजा खोलकर बाहर निकल गई।

गोली का नाम सुनकर डाक्टर भटनागर भी चौंक गया। उसने बाहर निकलकर अपनी पत्नी से पूछा, ''कौन है यह?''

किरण ने अपनी अवस्था संभाली। ऐसा न हो कि उसकी एक भूल से उसका बना-बनाया घर बिगड़ जाए। बोली, ''यह डैडी के एक मित्र का नौकर है।''

''और आनन्द बाबू कौन हैं?''

''डैडी के मित्र का लड़का।''

''मालकिन।'' हरिया ने कहा, ''हत्यारे ने निहत्थे मालिक पर तीन गोलियां चलायीं। इस समय वह बेहोश पड़े हैं।''

किरण का दिल काबू से बाहर हो जाना चाहता था परन्तु अपने पति के प्यार का सहारा लेकर उसने स्वयं को संभाल लिया। अब वह अपने पति को सच्चे मन से प्यार करती थी इसलिए नहीं चाहती थी कि उसके पति को किसी प्रकार की चोट पहुंचे।

''राम-राम।'' डाक्टर भटनागर ने सहानुभूति प्रकट की। पूछा, ''किस वार्ड में हैं?''

हरिया ने वार्ड नम्बर बता दिया।

''तुम लोग वार्ड में पहुंचो, मैं रजिस्टर पर अपनी उपस्थिति के हस्ताक्षर करके आता हूं।'' डाक्टर भटनागर ने अपनी कलाई पर बंधी घड़ी देखने के बाद कहा, ''मैं देखता हूं आनन्द बाबू की स्थिति कैसी है?''

डाक्टर भटनागर चला गया तो किरण ने कार में से पर्स निकाला और फिर लॉक करने लगी। उसे आनन्द से कोई लगाव नहीं था-मतलब भी नहीं था-परन्तु मानवता के नाते सहानुभूति अवश्य थी। जिसकी बांहों में समा जाने के लिए वह स्वप्न देखा करती थी उसके लिए चिन्तित होना स्वाभाविक था। आनन्द के लिए उसके दिल में पहले समान ही श्रद्धा थी। वह चाहता तो

उससे कई बार अनुचित लाभ उठा सकता था परन्तु उसने कभी ऐसा नहीं किया था। उसने कार के दरवाजे का शीशा चढ़ाते हुए पूछा, ''यह सब हुआ किस प्रकार?''

और हरिया ने उसे सारी बातें संक्षेप में बता दीं-वह सारी ही बातें जो वह जानता था-सजा के बाद मालिक की भेंट सुधा देवी से किन परिस्थिति में हुई-कैसे वह उन्हें प्यार करने लगे-किस प्रकार अपनी भूल का सुधार करना चाहते थे और फिर किस प्रकार पहली बार पिछली रात सुधा देवी ने अपने प्यार का इकरार किया-आदि-आदि और अन्त में बोला, ''वह तो गोली का धमाका तथा हत्यारे का ठहाका सुनकर मैं एक डण्डा लिए वहां पहुंच गया वरना मालिक की छाती में कुछेक गोलियां और उतर जातीं। हत्यारा इस समय पुलिस की हिरासत में है।''

किरण की आंखें छलक आईं। आनन्द वास्तव में देवता है-साक्षात् देवता। वह उस नारी को देखने के लिए बेचैन हो उठी जिसने अनजाने में उसका स्वर्ग छीन लिया था। सुधा के प्रति उसके मन में कोई डाह नहीं उत्पन्न हुआ जो प्रायः नारी को स्वभाव में मिला है। बल्कि एक नारी होकर उसने दूसरी नारी की मजबूरी समझने का प्रयत्न किया तो उसका मन करुणा से भर गया। भर्राए स्वर में उसने पूछा, ''सुधा देवी कहां हैं?''

''आइये मेरे साथ।'' हरिया ने कहा।

किरण कार बन्द कर चुकी थी। पर्स से रुमाल निकालकर अपने आंसू पोंछते हुए आगे बढ़ गई। सुधा के समीप पहुंचते-पहुंचते उसने हरिया को खामोश रहने का इशारा कर दिया। वह उसके बिल्कुल समीप जाकर खड़ी हो गई। उसका नन्हा राजा गोद में मुंह छिपाये सिसक रहा था। सुधा भी सिसक रही थी। उसकी हिचकियों से उसका पूरा शरीर कांप जाता था। किरण ने देखा-सुधा अन्धी नहीं होती तो आनन्द उसे प्राप्त करने के बाद गर्व कर सकता था। इस दुर्दशा में भी उसके शरीर का हर उभार अपने अन्दर असीमित आकर्षण रखता था। आनन्द ने यदि सुधा को इतना अधिक प्यार दिया तो गलत नहीं किया। उसने सुधा को इस समय आनन्द की वास्तविकता बताना उचित नहीं समझा। आनन्द को इस समय प्यार की आवश्यकता थी-नफरत की नहीं। आनन्द का भेद वह कुछ इस ढंग से प्रकट करेगी कि सुधा उसे क्षमा ही नहीं करेगी बल्कि उसके दिल में आनन्द का प्यार और भी बढ़ जायेगा। वह आनन्द को देखने के लिये वार्ड के अन्दर चली गई।

डाक्टर भटनागर आनन्द को देख चुका था। किरण के समीप आकर उसने धीमे स्वर में कहा, ''नो होप (कोई आशा नहीं)।''

सुधा का कलेजा मुंह को आ गया। वह आनन्द के समीप जाकर खड़ी हो गई। उसने देखा, आनन्द बिलकुल भी नहीं बदला था। उसके सुन्दर मुखड़े पर वही रौनक थी जो एक साहसी व्यक्ति में होती है। उसकी छाती पर पट्टी बंधी हुई थी। रक्त तब भी बाहर निकल आया था। आनन्द अब केवल कुछेक पलों का ही मेहमान है। उसकी आंखों में आंसू आ गए। अपने आंसू पोंछकर वह अपने पति के पास फिर आई। उसे और किनारे ले गई। पूछा, ''होश में आने की भी आशा नहीं है?''

''होश में लाने का प्रयत्न किया जा रहा है। शायद वह कुछ कहना चाहे।'' डाक्टर भटनागर ने उसे आशा दी।

किरण ने एक पल सोचा। फिर बोली, ''मैं आपसे फिर मिलूंगी।'' वह वार्ड से बाहर निकल गई। सुधा के समीप जाकर खड़ी हो गई। झुकते हुए उसका हाथ पकड़ लिया। प्यार से बोली, ''सुधा बहन।''

सुधा चौंक गई। परन्तु तभी हरिया ने बीच में कहा, ''यह डाक्टर साहब की पत्नी हैं। मालिक को जानती हैं।''

सुधा ने अपनी स्थिति संभाली। चाहा कि आनन्द की स्थिति के बारे में पूछे कि तभी किरण ने उसके समीप बैठते हुए कहा, ''सुधा बहन, क्या आनन्द बाबू की ऐसी भी कोई इच्छा थी जो अधूरी रह गई हो?''

''थी-बहुत सी इच्छाएं थीं।'' सुधा ने सिसकियों के मध्य कहा।

''तो फिर उसे आनन्द बाबू के होश आते-आते पूरी कर दो। अपनी इच्छा का साकार रूप देखकर उन्हें जीने की शक्ति मिलेगी।'' किरण ने उसे आनन्द की निराशाजनक स्थिति बताना उचित नहीं समझा।

सुधा एक पल सोचती रही। ऐसी अवस्था में वह आनन्द की एक ही इच्छा पूरी कर सकती है। उसने कहा, ''हरिया-मुझे घर ले चलो।''

''हरिया ही नहीं, मैं भी आपके साथ चलूंगी। आइये-जल्दी कीजिए।'' किरण ने कहा। उसने सबको साथ लेकर अपनी कार में बिठाया और फिर हरिया के बताये रास्ते पर तेज गति के साथ आनन्द के बंगले की ओर चल पड़ी। रास्ते में सुधा ने किरण को परसों शाम वाली बात बताई। आनन्द बाबू किस प्रकार उसे रेशमी साड़ी तथा गहनों में सजा देखना चाहते थे और उसने क्यों इंकार कर दिया था। वह अपने पिछले व्यवहार पर पछताकर रो रही थी।

बंगले में पहुंचकर किरण के कहने पर हरिया ने आनन्द के कुछेक बक्स खोले। एक बक्स में उसे साड़ी मिल गई। गहने का डिब्बा भी मिल गया। उसने लाकर सुधा को थमा दिया।

''यही साड़ी है न?'' किरण ने पूछा।

''हां।'' सुधा ने अंगुलियों द्वारा कपड़ा पहचान कर कहा। फिर पूछा, ''इसका रंग सफेद है न?''

''यह तो लाल साड़ी है।''

''लाल!'' सुधा एक पल सोचती रही। आनन्द बाबू उसे अधिक से अधिक सुन्दर बनाकर देखना चाहते थे। कितना प्यार था उन्हें उससे। और वह? साड़ी को गाल से सटाकर वह सिसक पड़ी। बोली, ''यही साड़ी है।''

किरण ने अपने हाथों से उसका हाथ-मुंह धुलाया-बहुत प्यार के साथ। उसे तैयार किया। संवारा। उसकी काली लटों को अपने समान बनाया। फिर अपने पर्स से पाउडर की लाली निकालकर उसके गाल पर लगा दिया। होंठों को भी हल्के-से रंग दिया। बड़ी-बड़ी पलकें और तीखी कर दीं। श्रृंगार की सभी वस्तुएं उसके पर्स में थीं। फिर गहनों से सजधज कर सुधा चलने को तैयार हुई तो किरण उसे देखती ही रह गई। आनन्द वास्तव में बहुत भाग्यवान होता यदि उसे जीते-जी सुधा मिल जाती। नन्हा राजा भी अपनी मां को फटी-फटी दृष्टि से देखने लगा। किरण सबको लिए तेजी के साथ अपनी कार की ओर बढ़ गई।

अस्पताल में आनन्द ने एक गहरी सांस ली। डाक्टर भटनागर लपककर उसके समीप चला आया। आनन्द कुछ कहना चाहता था। अपने कान उसने उसके होंठों के समीप कर दिये।

आनन्द की आंखें फड़फड़ाईं। होंठ भी कांपने लगे। उसने पूछा, ''सुधा कहां है?''

''मैं बाहर देखता हूँ।'' डाक्टर भटनागर ने बाहर लपकना चाहा।

''शी।'' आनन्द ने उसे जाने से रोका। फिर बड़ी कठिनाई से बोला, ''डाक्टर, मेरी यह आंखें...सुधा को दे देना। उसे...कुछ भी...मत...बताना...वर्ना...वह...वह...'' आनन्द की आंखों में आंसू आ गए। उसके पाप का प्रायश्चित अब भी अधूरा था। सुधा को अपने वास्तविक रूप में जीतना अभी शेष था परन्तु उसका जीवन साथ नहीं देना चाहता था। यदि वह जीवित रहता तो अपने प्यार द्वारा यह भी कर दिखाता। अब तो उसके लिए प्यार का पथ खुल चुका था। निराशा ने दिल में चुभन उत्पन्न की तो वह अपने होंठ काटने लगा। भीगी पलकें बंद कर लीं।

तभी वार्ड में सुधा ने प्रवेश किया। किरण उसे कमर से थामे बहुत धीमे-धीमे आगे बढ़ रही थी। इस प्रकार मानो उसे विवाह के मण्डप में ले जा रही हो। पीछे-पीछे हरिया भी था। उसने नन्हे राजा को गोद में उठा रखा था। किरण ने अपने पति को देखा। उसने खड़े-खड़े इशारा कर दिया कि आनन्द होश में आ चुका है। किरण ने सुधा को आनन्द के बिल्कुल समीप ले जाकर खड़ा कर दिया और स्वयं आनन्द के सिरहाने ऐसी जगह खड़ी हो गई जहां वह उसे देख नहीं सकता था। आनन्द से उसे कोई भय नहीं था परन्तु उसे यहां देखकर आनन्द किसी उलझन में अवश्य पड़ सकता था। वह यहां कैसे आई? आनन्द की अन्तिम सांसों में किसी प्रकार की परेशानी नहीं होनी चाहिए थी। हरिया नन्हे राजा को गोद में लिए सुधा के समीप आ गया।

सहसा आनन्द को अपने समीप जानी-पहचानी सुगंध का आभास हुआ। उसने झट अपनी आंखें खोल दीं। उसने देखा, सुधा उसके बिल्कुल समीप खड़ी है। सुधा ने उसकी बात रख ली थी। सुधा को इसी रूप में देखने के लिए वह आरम्भ से ही तड़प रहा था। उसके दिल में जो प्यार की चिन्गारी उसने उत्पन्न की थी वह इस समय सुर्ख साड़ी में उसके शरीर के समान शोला बन चुकी थी। आनन्द देखता ही रह गया। जीवन में पहली बार उसने सुधा को कुछ इस प्रकार बना-संवरा देखा था और अब अन्तिम समय भी देख रहा था। उसे अपनी मृत्यु का विश्वास था। मृत्यु चन्द पग दूर खड़ी उसका तमाशा देख रही थी। सुधा की आंखों में आंसू थे-यह आंसू केवल उसी के लिए थे। उनका वश चलता तो वह इन आंसुओं को चुन लेता। उसने बहुत धीमे स्वर में कराहते हुए पुकारा, ''सुधा!''

और सुधा उसकी आवाज की डोर थामे आगे बढ़ गई। उसके समीप ही पलंग पर बैठ गई। वह आनन्द की स्थिति से अनभिज्ञ थी। उसने आनन्द का एक हाथ अपने हाथों में ले लिया। उसे कुछ ऊपर उठाया। कुछ खुद भी झुक गई और फिर उसके हाथ पर अपना गाल रख दिया। वह रोते हुए सिसकियों के मध्य बोली, ''मुझे क्षमा कर दीजिये-मुझे क्षमा कर दीजिए।''

आनन्द गहरी-गहरी सांसें लेता रहा, इस प्रकार मानो ताकत समेट रहा हो। फिर जब उसकी आंखों पर पपोटे बोझ बनकर बन्द होने लगे तो उसने कहा, ''सुधा...मुझे क्षमा कर देना। मैं...तुम्हारा...पापी...हूं।''

''पापिन मैं हूं-आप तो देवता हैं।'' सुधा फूट-फूटकर रोते हुए बोली, ''आप तो मेरे भगवान...'' अचानक सुधा के हाथ में आनन्द का हाथ ढीला हो गया तो वह कांप उठी। उसने कहा, ''आनन्द बाबू।'' उसे कोई उत्तर नहीं मिला तो उसके दिल की धड़कन और तेज हो गई। वह चीख पड़ी, ''आनन्द बाबू।''

''बहन।'' तभी किरण ने अपने आंसू पोंछने के बाद उसे बांहों से थामकर सहारा दिया। भर्राए स्वर में बोली, ''आनन्द बाबू सदा के लिए चले गए।''

''नहीं।'' सुधा चीखकर आनन्द की छाती पर गिर पड़ी। फूट-फूटकर रो पड़ी। बोली, ''नहीं-नहीं

...मुझे छोड़कर मत जाइए...मुझे छोड़कर मत जाइए- आनन्द बाबू।'' उसकी तड़पती सिसकियां सुनकर वार्ड में उपस्थित सभी लोगों की आंखें छलक आईं।

किरण ने आनन्द को अन्तिम बार देखा। आनन्द की पलकों के चारों ओर आंसू छलके हुए थे। शायद सुधा को प्राप्त करने के बाद वह इस संसार को किसी भी अवस्था में नहीं छोड़ना चाहता था परन्तु मृत्यु पर किसका वश चला है? एक बार फिर अपनी आंखों के आंसू पोंछने के बाद बड़ी कठिनाई से वह सुधा को संभालने में सफल हो गई।

***

सुधा का संसार पहले ही अंधकारमय था। आनन्द ने जीवन की जो ज्योति प्रदान की थी वह भी चली गई तो उसकी जीवित रहने की अभिलाषा समाप्त हो गई। परन्तु किरण के समझाने-बुझाने पर उसने अपने लाड़ले के भविष्य के लिए अपनी आंखों का आपरेशन करा लिया। डाक्टर ने उसकी आंखें बदल दीं। आंखों पर पट्टी बांध दी। वह अपने देवता को नहीं देख सकती थी परन्तु आंखें आने के बाद वह उसकी तस्वीर की पूजा अवश्य कर सकती थी। आनन्द बाबू देखने में कैसे थे? देवताओं का रूप क्या होता है? उसको तसल्ली देने में किरण ने एक भी कमी नहीं रखी। उसके पति ने भी आंखों के डाक्टर से मिलकर उसे हर प्रकार की सुविधाएं उपलब्ध करा दी थीं। लाश को अन्तिम संस्कार में देने से पहले उसने तुरन्त ही आंखों के डाक्टरों द्वारा आनन्द की आंखें निकलवा ली थीं। मरने के बाद भी मानव की ज्योति बहुत देर तक स्थित रहती है।

किरण अधिकांश अस्पताल में ही रहती-सुधा के साथ। सुधा से उसे सच्ची सहानुभूति हो गई थी। यह सहानुभूति क्यों उत्पन्न हो गई थी? क्या सुधा की सहायता करके वह आनन्द की आत्मा को शांति पहुंचा रही थी? वह समझ न सकी। परन्तु मरने वाले की आत्मा की शांति के लिए तो सभी प्रार्थना करते हैं। सुधा के नन्हे राजा को भी वह हर तरह से प्रसन्न रखने का प्रयत्न करती। केवल नहाने-धोने के लिए ही हरिया उसे अपने साथ ले जाता था वरना हर समय वह मां के पास ही रहता। किरण से सुधा को बहुत सहारा मिला-जीवित रहने की शक्ति मिली। किरण ने उसे अपने विश्वास में लेकर रही-सही दिल की बातें भी पूछ लीं।

आनन्द के बारे में बताते हुए सुधा सिसक पड़ती थी। फिर भी अपनी बीती सुनाते हुए उसे ऐसा लगता मानो दिल का बोझ कम हो रहा हो। किरण को उसने एक-एक बात बता दी। किरण ने भी उसके दिल में आनन्द की छवि अमिट करने के लिए उसे बता दिया कि उसके देवता ने पहले ही उसका मेरठ वाला घर छुड़ा दिया है। अपना भी सब-कुछ उसके नाम कर दिया है। हरिया से किरण ने सारी ही बातें पता लगा ली थीं। सुधा ने जब सुना तो उसका दिल आनन्द के पगों में दम तोड़ देने को तड़प उठा। वह जीवित होता तो शायद वह ऐसा कर भी देती। आनन्द बाबू कितने महान थे! उनका प्यार कितना निःस्वार्थ था! किरण बहुत अधीर उस दिन की प्रतीक्षा कर रही थी जब सुधा की आंखों की पट्टी खुलनी थी। आनन्द की वास्तविकता बताकर वह उसके दिल में इंस्पेक्टर जोशी का प्यार भर देना चाहती थी जिससे उसे सख्त घृणा थी। वह चाहती थी कि आनन्द का त्याग व्यर्थ न जाए, उसका प्रायश्चित पूरा हो और प्यार सफल। इससे आनन्द की आत्मा को शांति मिल जाएगी जिसके लिए वह सारे जीवन तड़पता रहा था-उस भूल के कारण जिसे वह अनजाने में कर बैठा था।

सुधा की आंखों की पट्टी खुलने से एक दिन पहले किरण ने पूछा, ''ज्योति आने के बाद तुम सबसे पहले किसे देखना चाहोगी?''

सुधा का वश चलता तो अब सबसे पहले वह अपने देवता का ही दर्शन करती। परन्तु इसका प्रश्न ही नहीं उठता था। वह एक ठण्डी सांस लेकर रह गई।

किरण ने उसके दिल की बात भांप ली। प्यार से उसका हाथ थामकर बोली, ''कल नन्हे राजा को मैं तैयार करके ले आऊंगी। उसे देखने के बाद ही तुम अपना जीवन आरम्भ करना।''

सुधा कुछ न बोली। इसके अतिरिक्त चारा ही क्या था!

दूसरे दिन सुबह के नौ बजे डाक्टर ने सुधा की आंखों पर से पट्टी खोलना आरम्भ किया। सुधा गुम-सुम एक कुर्सी पर बैठी हुई थी। उसे अपनी आंखों की चिन्ता जरा भी नहीं थी। ज्योति आएगी तो वह जीवित रहने का प्रयास करेगी। ज्योति नहीं आयेगी तो वह अपने नन्हे राजा को किरण के हवाले करके आत्महत्या कर लेगी। आखिर कब तक गमों का बोझ उठाते हुए वह भटकती रहेगी? इस संसार से उसका मन यूं भी ऊब गया है। उसके समीप ही कुछेक डाक्टर खड़े हुए थे-किरण तथा हरिया भी थे। सामने कुछ दूर पर उसका नन्हा राजा खड़ा हुआ था। सभी के दिल में आपरेशन सफल होने की कामना थी।

पट्टी की अन्तिम परत भी खुल गई। फिर डाक्टर ने रुई के टुकड़े भी आंखों पर से हटा दिये। सुधा ने उसी प्रकार आंखें बंद रखीं।

‘‘धीरे-धीरे आंखें खोलिए।’’ डाक्टर ने सुधा को आज्ञा दी।

सुधा तब भी आंखें बन्द किये रही। वह मानो इस संसार को देखना ही नहीं चाहती थी जहां उसका देवता नहीं था।

‘‘आंखें खोलिए सुधा देवी।’’ डाक्टर ने उसे सहारा दिया। उसके विचार में उसका दिल कांप रहा था।

और सुधा ने बहुत आहिस्ता से अपनी लम्बी पलकों को खोल दिया, इस प्रकार मानो कली चटककर कमलिनी बन गई हो। उसकी आंखों के सामने एक धुंध थी। धुंध का पर्दा शीघ्र ही छंट गया तो उसने देखा-उसकी आंखों के सामने उसका लाड़ला खड़ा है। एक ही दृष्टि में वह उसे पहचान गई। पहचानती भी क्यों नहीं? उसके जन्म से तो वह अंधी थी नहीं। परंतु तभी वह चौंक गई। उसका नन्हा राजा एक पुलिस इंस्पेक्टर की वर्दी में था। उसका मन चाहा कि वह उठकर अपने राजा के गाल पर एक थप्पड़ रसीद करे और इस वर्दी को फाड़कर फेंक दे-उसे इन वस्तुओं से कितनी अधिक घृणा है-परन्तु एक अज्ञात ताकत ने उसे रोक दिया। उसे वह दिन तुरन्त याद आ गया जब इससे पहले भी एक बार वह आंखों के आपरेशन के बाद अस्पताल में थी। उसके कानों में नन्हे राजा का स्वर गूंज गया।

‘मां-आज अंकल ने मुझे खूब अच्छा वाला कपड़ा पहनाया।’

‘अच्छा!’ उसने भी उसकी बात में रुचि ली थी। उसका वस्त्र टटोलकर उसने पूछा था, ‘यही है वह कपड़ा।’

‘वह कपड़ा तो अंकल ने उतारकर अपने पास रख लिया।’

‘अरे!’

‘हां-खूब अच्छा वाला कपड़ा है वह-मैला वाला।’

‘मैला वाला!’

‘हां-उसमें बड़े वाले बटन थे-छोटी वाली बन्दूक भी थी।’

वह कुछ भी समझ नहीं सकी थी।

‘एक छोटी वाली टोपी भी थी।’ नन्हे राजा ने याद करके कहा था।

छोटी वाली टोपी-छोटी वाली बन्दूक-बड़े वाले बटन, परन्तु इसका रंग तो...।

‘‘मां।’’ नन्हे राजा ने मां को खामोश देखकर कहा, ‘‘यही है वह मैला वाला कपड़ा। है ना खूब अच्छा?’’

यह जानते हुए भी कि उसे पुलिस कर्मचारियों से घृणा है, आनन्द बाबू क्यों उसके बेटे के लिए ऐसी वर्दी ले आए थे? क्या उन्हें पुलिस कर्मचारियों से इतना अधिक प्रेम था कि वह नन्हे राजा को पढ़ा-लिखाकर बड़ा करने के बाद एक पुलिस अधिकारी बना देना चाहते थे? परन्तु वह अधिक नहीं उलझ सकी। उसके दिल की घृणा पर उसके देवता का प्रेम छा गया। अब वह आनन्द की किसी भी इच्छा का दुरुपयोग नहीं कर सकती थी। उसकी आंखों में आंसू छलक आए। उसने अपने लाड़ले के प्रश्न के उत्तर में हल्के-से सिर हिलाकर ‘‘हां’’ कर दिया।

नन्हे राजा ने मां के दिल की पीड़ा से अनभिज्ञ खड़े-खड़े एक सलामी दी-बिलकुल एक पुलिस अधिकारी के समान। सुधा के गम्भीर होंठों पर एक बहुत ही नन्हीं-सी मुस्कान रेंगकर अदृश्य हो गई।

‘‘सुधा बहन।’’ तभी किरण उसके समीप चली आई। सुधा ने उसकी आवाज पहचानकर उसे देखा। किरण का मुखड़ा देवी समान खिला हुआ था। किरण ने उसकी ओर एक रूमाल बढ़ा दिया और फिर बोली, ‘‘अपने आंसू पोंछ डालो वरना इन आंखों को कष्ट होगा। बहुत संभालकर इन आंखों को रखना क्योंकि ये आंखें...ये आंखें तुम्हारे देवता की हैं।’’

सुधा ने चौंककर किरण को देखा। उसे विश्वास ही नहीं हुआ।

‘‘हां सुधा बहन-यह आंखें उन्हीं की हैं।’’ किरण ने कहा, ‘‘होश आने पर सबसे पहले उन्होंने इसी बात का आग्रह किया था।’’

नहीं-नहीं-सुधा का दिल पुकार उठा, ऐसा कैसे हो सकता है? कोई किसी को इतना प्यार क्यों करने लगा? इतना बड़ा त्याग-इतना अधिक प्यार! क्या वह इसके योग्य भी है? उसके होंठ थरथराने लगे। आंखें और छलक आईं।

तभी डाक्टर ने उसके हाथ में एक दर्पण थमा दिया। कुछ बोले नहीं। सुधा ने दर्पण में देखा-इन आंखों का रंग गहरा काला है-घनी काली रात के समान-जो शबनम के आंसुओं से तर होती है। उसके आंसू कपोलों से होकर दर्पण पर गिरे और मोतियों समान चमकने लगे।

‘‘जीवन में उनकी एक ही इच्छा थी।’’ किरण ने फिर कहा, ‘‘तुम अपने उस पापी को क्षमा कर दो जिसकी भूल के कारण तुम्हारे पति को मृत्यु-दण्ड मिल गया था।’’

सुधा का दिल अब ऐसी स्थिति में आ चुका था कि वह आनन्द की किसी भी इच्छा का निरादर नहीं कर सकती थी। फिर भी उसने मानो न चाहते हुए पूछ लिया, ''वह क्यों ऐसा चाहते थे?'' दर्द की अधिकता के कारण उसका स्वर कांप रहा था।

''क्योंकि...'' किरण ने एक सांस ली। बोली, ''क्योंकि वही तुम्हारे पापी थे।''

सुधा के होंठ और थरथरा उठे। नहीं-नहीं-उसका दिल तड़पकर पुकार उठा-मैंने तो उनके साथ बहुत अन्याय किया है...यह...यह मैंने क्या किया? सुधा की आंखों के सामने वह दृश्य घूम गया जब इंस्पेक्टर जोशी ने मेरठ में आकर उसके सामने अपनी भूल स्वीकार की थी। उसकी जगह कोई और पुलिस इंस्पेक्टर होता तो कभी ऐसा नहीं करता। उस दिन उस इंस्पेक्टर का मुखड़ा उसने कितनी निर्दयता से नोंच लिया था। उसे कितनी गन्दी-गन्दी बातें कही थीं।

उसे वह दिन भी याद आया जब उसके बच्चे को गुण्डों से बचाने के लिए आनन्द बाबू जान पर खेल गए थे। तब भी थाने के बाहर निकलकर उसने अपने पापी के लिए कैसे गन्दे-गन्दे शब्द प्रयोग किये थे। यह उसने क्या किया? अपने देवता को उसके मुंह पर ही कोसती रही! परन्तु बाबा ने सब कुछ जानकर उससे क्यों छिपाया? क्या उन्हें विश्वास था कि वह अपने देवता की वास्तविकता जानकर उससे और घृणा करने लगेगी? क्या वह इतनी कठोर है? इतनी अधिक? उसके देवता ने उसके साथ जितना पुण्य किया है, उसकी तुलना में उसके पापी की भूल तो कुछ भी नहीं है। आखिर उन्होंने कोई जानकर थोड़े ही भूल की थी और फिर कानून की ओर से वह इस भूल की सजा भी तो भुगत चुके थे। उसने अपने देवता के बारे में जितना भी सोचा, उसका पापी उसके मस्तिष्क से उतना ही दूर होता गया।

अपने देवता का त्याग, तपस्या तथा असीम प्यार देखकर उसका दिल छलनी हो गया। आखिर उन्होंने उसका मन जीत ही लिया, कुछ इस ढंग से कि उसके मन में अतीत की छवि सदा के लिए मिट गई। यह कैसा प्यार था! कितना विचित्र! उसके होंठ थरथराते गए-थरथराते गए-और आंसू छलक कर दर्पण पर गिरते गये-दर्पण में आनन्द की आंखों का प्रतिबिम्ब आंसुओं से धुंधला पड़ने लगा तो उसने अपनी साड़ी के आंचल से अपने आंसू पोंछे, इस प्रकार मानो आनन्द के मुखड़े में लगी आंखों को पोंछ रही हो, दर्पण को भी पोंछा, बहुत कोमलता के साथ, मानो अपने देवता के भीगे कपोल पोंछ रही हो। फिर उसने दर्पण पर झुककर अपनी पलकों द्वारा अपने देवता की आंखें चूम लीं। वह फूट-फूटकर रो पड़ी। उसका देवता-पापी देवता। उसका घर छोड़कर अब वह कभी नहीं जाएगी-कभी नहीं। उसकी याद में अपना सारा जीवन बिता देगी-उसका पापी देवता!!

***